Marquée du sceau de l'épreuve

Je me consacre à l'écriture depuis 2002 après avoir rédigé plusieurs ouvrages entre 1990 et cette date. Mes écrits ont un même fil conducteur spirituel, reflet de l'inaltérable foi en Dieu animant mon cœur. Ce qui m'a conduit à écrire, parfois, des histoires insolites et à devenir un auteur difficile à classer dans un genre.

ISBN : 978-2-3222-3410-3

Site internet : www.atypical-autoedition.com

François de Calielli

Marquée du sceau de l'épreuve

Récit d'une histoire vraie

Chapitre 1

2009

Âgée de quatre-vingt-un ans, Lorenza était désormais clouée sur un fauteuil roulant suite à un grave accident cardiaque. Elle maudissait ce cœur qui avait résisté, alors qu'elle aurait préféré quitter enfin ce monde et rejoindre ses proches au sein du jardin paradisiaque où elle les imaginait à présent. Elle espérait, en outre, que les âmes dévotes bénéficiaient du bonheur d'un havre de lumière. Sa foi en Dieu ne s'était jamais affadie, en dépit d'événements propres à l'inciter au reniement. Elle s'était donc fréquemment accrochée à celle-ci comme à un bastion. D'ailleurs, cela l'avait bien souvent préservée du pire.

Aujourd'hui, les journées ressemblaient à de longues heures d'ennui ; car elle ne lisait plus guère … elle qui avait tant aimé lire. Le tricotage, la dentellerie ou la télévision n'avaient pas, non plus, sa prédilection. Aussi passait-elle beaucoup de temps, les yeux clos, à revivre en pensée son vécu. Ayant encore toute sa tête, elle s'estimait punie par le sort. Que n'était-elle une moribonde, inconsciente du temps, et passant lentement de vie à trépas.

Chapitre 2

Heureusement, il y avait les visites régulières de sa petite fille. Aude était une jeune femme intelligente, très sensible, joyeuse et dévouée avec qui elle pouvait entretenir des conversations intéressantes, lesquelles la coupaient de cette vie sans attrait.

Ses parents étant décédés prématurément de maladie, un cancer à l'estomac ayant emporté sa mère à l'âge de quarante-huit ans et un infarctus du myocarde l'ayant brusquement privée de la chaleur de son père, Aude choyait cette grand-mère qui représentait dorénavant sa seule famille ici-bas. Aussi avait-elle à cœur de la garder en vie le plus longtemps possible. Âgée de vingt-quatre ans, elle n'était pas en couple et elle n'envisageait pas, pour l'heure, de s'engager dans une relation amoureuse ; vu qu'elle se remettait juste d'une douloureuse déception. Cette séparation avait de même affecté sa grand-mère ; car elle s'était prise d'affection pour ce charmant Étienne ... charmant, certes, mais très instable.

« *Laisse le destin te mettre sur le chemin de l'homme idéal* », lui répétait souvent sa chère mamie. Une femme qui s'avérait être idéaliste et très philosophe finalement.

Aude entra dans l'appartement avec son entrain coutumier et lança :
- Comment ça va mamie ?

Puis, la trouvant courbée dans son fauteuil et les yeux clos, elle s'enquit :
- Tu dormais ? Pardon de t'avoir réveillée.

- Non, je ne dormais pas ma chérie. Je voyageais au fond du souvenir. Je n'ai rien d'autre à faire, vois-tu.

- Tu t'ennuies, n'est-ce pas.

- L'ennui me tue à petit feu. De plus, je n'ai goût à rien. C'est triste.

- Je t'ai proposé de venir habiter avec moi, mais tu préfères rester dans ta solitude. Peut-être as-tu peur de me déranger.

- J'aime mon indépendance, en effet. Ceci dit, une jeune fille de ton âge doit pouvoir vivre sans avoir à s'occuper d'une vieille femme. Qui sait ! Le prince charmant peut tomber soudain du ciel.

- J'espère que ce sera un bel ange, plaisanta Aude.

- Un jeune homme capable de t'apprécier à ta juste valeur, ma fille.

Cette jolie réponse émut Aude dont les yeux, à la pupille noire comme le bois d'ébène, s'étaient parés d'un voile humide.

- Mamie, il m'est venue une idée.

- Ah oui ? Tu aiguises ma curiosité. Dis-moi vite cette idée.

Un joli sourire vint orner les lèvres de Lorenza.

- L'idée d'écrire un livre sur ta vie.

- En voilà une idée loufoque ! Ma vie n'intéressera personne.

- Je pense que si au contraire.

- Et puis … que comptes-tu raconter sur moi dans ce livre. Je suis trop pudique pour m'exposer ainsi à la façon d'une bête de cirque.

- Mon Dieu, il ne s'agit pas de narrer ton intimité. Mon souhait serait seulement de laisser une trace sur ces terribles événements qu'ont eu à endurer les réfugiés espagnols surtout.

- Cela remplira tout au plus une dizaine de pages.

- Peut-être te viendra-t-il l'envie d'en dire plus ensuite.

- Bon, puisque tu y tiens. Cette époque où de nombreux réfugiés de mon pays ont entrepris d'émigrer en France fut terrible. Pourtant, la France se prétend le pays des droits de l'homme. Toutefois, je n'ai que ma propre vision de la chose.

- Tu m'as souvent raconté, et de manière détaillée, ce que tu as vécu. C'est ton vécu qui m'intéresse. À travers lui, les gens auront une idée assez précise de ce qu'il s'est passé. Concernant les faits historiques, j'irai piocher des informations dans internet.

- Il se dit tout et n'importe quoi dans internet, rétorqua Lorenza.

- Il faut savoir tirer le grain de l'ivraie, ma mamie chérie. Ce serait bien que je t'offre un ordinateur ainsi qu'un abonnement à internet. Tu ne t'ennuierais plus comme ça.

- N'en fais rien surtout. Je suis trop vieille pour ce genre de technologie.

- Internet est une mémoire gigantesque par laquelle tu pourrais accroître ta culture.

- Ma mémoire me suffit. À quoi me servirait maintenant d'acquérir plus de culture ? Cela ne fera pas aller mon âme au Paradis.

- Tu aurais été une bonne écrivaine, mamie. On voit que tu as beaucoup lu.

- En effet. Néanmoins, je laisse mon cerveau dépérir à présent.

- Alors ce livre ? Es-tu d'accord ou non pour que nous l'écrivions ensemble ?

- Bon, tu as l'air de tant y tenir que je serais mal inspirée de t'en empêcher. Tu comptes procéder comment ?

- Je vais y réfléchir. J'ai confiance que la fée de l'inspiration m'assistera.

Chapitre 3

Aude revint deux jours plus tard avec sa bonne humeur coutumière. Elle envisageait d'enregistrer la conversation via une application téléchargée sur son smartphone et de prendre parallèlement des notes dans un grand cahier.

- Tu es prête mamie ? Demanda-t-elle.
- Quel est ton plan pour un bon déroulé de ce livre ?
- Je te propose de commencer par ton enfance et l'histoire suivra ensuite son cours. De toute façon, je te guiderai par des questions tout au long de ta narration. Cela te va-t-il ?
- Oui, si tu veux. Ah, mon enfance ! Ce fut ...
- Attends mamie, je démarre l'enregistrement. Voilà, je t'écoute.
- Je disais donc que les années de mon enfance depuis ce moment où j'ai réellement pris conscience de mon existence ...
- Pardon de t'interrompre. Tes premiers souvenirs remontent à quel âge ?
- À l'âge de quatre ans environ. Ma mère m'asseyait dans un coin et j'attendais là qu'elle ait fini son travail aux champs.
- Ça devait être long pour toi de rester assise sans rien faire non ?
- Maman disait toujours que j'étais une petite fille sage et déjà très mûre pour mon âge. Je m'occupais avec ce que je trouvais autour de moi : des brindilles, des feuilles d'arbres, des cailloux. De nos jours, les enfants réclament des jouets électroniques et ne savent plus créer avec des riens. De mon temps, il fallait se contenter de peu parce que les cadeaux à Noël se réduisaient à peau de chagrin la plupart du temps. Mais on ne se plaignait pas, vu qu'on n'avait pas conscience de ce qui n'existait pas.
- Que faisait ton papa comme travail ?

- Il était ouvrier agricole et mal payé. Aussi le salaire était-il consommé à la moitié du mois bien souvent. Pourtant, nous ne mourrions guère de faim ma sœur et moi.

- Vous aviez combien d'années d'écart ta sœur et toi ?

- Lola avait deux ans de moins que moi. Maman la faisait garder par une amie, car elle était d'un naturel très bougeant. Il y avait une grande solidarité dans le village où nous habitions.

- Comment se nomme ce village ?

- Bubión, un joli village d'Andalousie situé entre mer et montagne.

- Quel était le climat social dans l'Espagne de cette époque d'avant-guerre ?

- Je n'en connais que ce que j'ai entendu dire à l'école ou par mes parents et … quand j'ai eu l'âge de comprendre bien sûr.

- Qu'est-ce qui te vient à l'esprit ?

- Je me souviens de la guerre civile et de l'exode ensuite qui a eu lieu en 1936 vers un pays qui me paraissait bien éloigné.

- Tu veux parler de la France, n'est-ce pas.

- Oui. N'ayant jamais quitté mon village natal, ma connaissance de l'Europe se limitait à ce qu'on m'enseignait pendant les cours de géographie à l'école.

- Tu devais être une bonne élève.

- Malheureusement, je n'y allais pas régulièrement. Pourtant, j'aimais ça et l'institutrice vantait mes capacités intellectuelles. Or Dieu m'avait fait naître à un moment très tourmenté de l'histoire.

Aude observa le regard de sa grand-mère, lequel semblait explorer un univers très lointain. Une belle vivacité brillait dans les yeux clairs de cette dernière, signe d'une grande intelligence. Elle pensa que cette aïeule aurait pu devenir une femme d'exception en d'autres temps.

- Il me revient qu'en 1939 − j'avais alors onze ans −, j'entendis parler par mon père d'un mouvement appelé la

« Retirada », c'est-à-dire la Retraite, et d'une émigration de nombre de Catalans vers la France. Mon pauvre papa était très remonté contre le gouvernement en place et, donc, actif dans une faction de révolutionnaires. À l'époque, j'avais l'impression que les événements s'enchaînaient à la vitesse grand « V ». Ainsi je me suis retrouvée, un matin, en partance pour un monde inconnu.

- Ta sœur Lola n'était pas avec vous ?

Aude vit soudain une ombre voiler les yeux de sa grand-mère.

- Ah, ma Lola chérie ! Je pense à elle régulièrement. Elle était si tendre, si calme et habitée par une belle joie de vivre. Quand la maladie l'a emportée, j'ai eu l'impression que l'on m'arrachait une partie de moi-même.

- Quel type de maladie l'a fait mourir ?

- Un problème cardiaque apparemment. Elle est partie d'un coup et sans le moindre symptôme apparent. Le médecin n'a pu que constater son décès.

- Cela a dû beaucoup affecter tes parents.

- Oui, énormément. Maman a longtemps pleuré et beaucoup prié aussi pour le repos de son âme.

- Tu veux qu'on arrête là pour aujourd'hui. Je te sens très très triste, mamie.

- Non, ma fille. C'est du passé maintenant. Mon âme n'attend plus que le jour de retrouver la sienne.

- Pourrais-tu alors me parler du village où tu as vu le jour ?

Lorenza sourit légèrement, comme si le fait d'évoquer ce lieu chéri emplissait son cœur d'un doux bonheur. Elle ferma les yeux et dit après un bref silence :

- Bubión est un village de la Alpujarra Andalouse. Alpujarra est une contrée montagneuse à l'indéniable charme.

- Que signifie Alpujarra ?

- C'est un nom dérivé de l'arabe qui veut dire « *Terre des pâturages* ».

- Pardon de t'avoir coupée. Tu parlais donc de ton village.

- Oui, l'architecture de ce petit coin de terre est particulière. On y trouve des maisons très blanches et des rues étroites qui reflètent finalement le style mauresque. Ce n'est que beaucoup plus tard que j'ai réalisé la particularité de ce lieu et le changement dont Bubión a été l'objet.

- Tu y es donc retournée.

- Nous n'en sommes pas encore à ce stade de ma vie. En tout cas, beaucoup de souvenirs sont attachés à ce lieu. Les stigmates en mon cœur, après avoir été forcée de le quitter, ont mis longtemps à guérir.

Aude louait en son for intérieur l'éloquence de sa grand-mère. Certes, elle aurait su écrire elle-même ce livre si elle l'avait décidé.

- Bon, tu es fatiguée, mamie. Restons-en là si tu veux bien.

- Tu as raison. D'être retournée soudain dans la région de mon enfance m'a rendue mélancolique.

- Nous reprendrons dans deux jours si tu es toujours d'accord.

- Oui, mon enfant. Quand j'entreprends un travail, je ne l'abandonne jamais en route.

- Je sais, mamie.

Aude repartit, le cœur gros. Elle aimait tant cette unique grand-mère qu'elle craignait à tout moment de la perdre. Avait-elle eu raison de faire ce livre et d'amener ainsi cette dernière à revivre des événements dramatiques ? Elle médita la remarque de Lorenza à propos de la persévérance.

Chapitre 4

Étant une maniaque de la ponctualité, Aude arriva chez sa grand-mère le surlendemain à dix-huit heures précises. Gérante de l'affaire très prospère, que celle-ci lui avait léguée, elle pouvait en effet s'organiser.

- Tu vas bien, mamie ? Questionna-t-elle en lui faisant un baiser sonnant sur la joue.
- Ton entrain me requinque, ma fille.
- Je vais préparer le dîner et nous parlerons tranquillement ensuite.
- Non, n'en fais rien. J'ai téléphoné au traiteur tout proche qui m'a livré des hors d'œuvres et un ragoût.
- Bon, d'accord. Je ferai réchauffer le ragoût alors.
- Nous avons le temps. Il n'est pas encore l'heure de souper, n'est-ce pas.
- Dis-moi, est-ce que tu te lèves de temps en temps pour faire un peu d'exercice ?
- J'essaie de marcher un quart d'heure, mais je suis vite fatiguée.
- Pourquoi ne lis-tu plus ? Je t'apporterai des livres … de jolies histoires romantiques.
- Tu as raison. Porte-moi donc un ou deux romans prochainement.
- Bon, si tu le veux bien mamie, nous allons reprendre l'écriture de notre grand livre du siècle.
- Grand livre du siècle ? Mon histoire est on ne peut plus banale. Tu risques de perdre ton temps en l'écrivant et de ne pas susciter l'engouement.
- Ce défaitisme n'est pas dans tes habitudes, répondit Aude.

- C'est de la lucidité, mon petit. Enfin, puisque tu y tiens. Que souhaites-tu que j'évoque à présent ?

- Le moment où tu t'es retrouvée très loin de ton cher village.

- Le départ de Bubiòn fut un choc terrible pour ma petite tête. Ah, ça oui alors ! Un vrai déchirement ! Je me souviens encore avoir questionné ma mère ainsi :

« Pourquoi on part d'ici et on va où maman ?
- On ne peut plus rester à Bubiòn. Il faut qu'on aille rejoindre ton père.
- Il est où papa ?
- En France.
- En France ? Mais c'est loin ça la France ».

- Je savais où se trouvait ce pays grâce aux cours de géographie à l'école.

- Ta maman croyait vraiment que vous seriez à nouveau réunis en France ?

- Je ne l'ai jamais su. De la voir pleurer me remplissait d'inquiétude. Ce saut dans l'inconnu rendait aussi mon cœur cafardeux. Car mon petit doigt me soufflait que nous partions pour ne plus revenir et que je risquais de ne plus jamais revoir mon père.

- As-tu su finalement où ton père se trouvait ?

- J'ai appris bien plus tard qu'il appartenait, depuis plusieurs années déjà, à un groupe d'activistes révolutionnaires.

- Quel idéal ces révolutionnaires poursuivaient-ils ?

- Ils combattaient le franquisme et militaient pour la collectivisation au sens large. Leur revendication d'une Espagne sans État fit qu'on les rangeât parmi les anarchistes. La lecture de documents historiques, après la guerre, m'a éclairé sur ces choses. Évidemment, je n'aurais pas été capable de les comprendre à l'époque.

Aude prévoyait de compléter le discours de Lorenza par une recherche ciblée sur internet.

- Ta mère et toi êtes parties avec le minimum d'affaires, je suppose.

- Oui, en effet. Quelle drôle d'aventure ! Je sais maintenant que tous ces gens, que nous suivions, n'avaient qu'une idée approximative de l'endroit où aller.

- Et des conditions de vie qui les attendaient, précisa Aude.

- Assurément. J'ai toujours pensé ensuite que nous aurions mieux été chez nous en dépit de la dictature franquiste.

- Les personnes qui étaient avec vous étaient tous de Bubiòn ?

- Pas seulement. Des familles d'autres villages avaient entrepris cet exode, car elles refusaient de continuer à vivre sous le diktat de Francisco Franco.

- Combien de temps a duré ce périple ?

- Je ne me souviens plus, mais six mois au moins. De grosses ampoules faisaient horriblement souffrir mes pieds, malgré les bandages que maman m'avait mis.

- Au terme d'un voyage difficile, vous êtes finalement arrivés en France.

- Dans le sud-ouest de la France précisément. Les gendarmes nous ont stoppés à Prats de Mollo, une ville proche de la frontière. Un grand nombre de personnes se sont retrouvés parquées là pendant plusieurs jours, étant donné que des Catalans espagnols fuyaient eux aussi le régime franquiste.

- Combien de personnes à peu près ?

- Un ou deux milliers environ. J'angoissais personnellement au milieu de cette foule et en constatant que nous n'étions pas les bienvenus en France.

- C'était en quelle année ?

- En février 1940. Je me rappelle qu'il faisait un froid de canard et que nous n'étions pas vêtus en conséquence. Or le calvaire n'en était qu'à son début.

- Tu évoques un calvaire. Qu'est-il donc arrivé ensuite ?

- Nous avons été répartis sur les plages du Roussillon, un lieu qui ne fut que transitoire.

- Sur les plages ? Mais alors vous dormiez à la belle étoile et dans le froid ? S'alarma Aude.

- Oui, mon enfant. Pendant deux mois, nous avons vécu tels des vagabonds et été traités tels des animaux et non comme des êtres humains. Pas la moindre intimité, une soupe infâme en guise de nourriture, une odeur insupportable sur nos vêtements … cela faisait de nous des vivants en sursis. D'ailleurs, les plus âgés ne survécurent pas. J'étais effrayée pas la mort de tant de personnes d'une façon aussi indigne. Je pleurais souvent en pensant que ma mère allait connaître le même sort que ces gens et que, sans doute, je la suivrai peu de temps après.

- Quel âge avais-tu ?

- Douze ans.

- Ma pauvre mamie ! En pleine adolescence, des événements aussi dramatiques marquent la mémoire d'une personne à jamais.

- Cette sale période revient régulièrement dans mes rêves de diverses manières. Mon cœur en a gardé les stigmates. Pourtant, je n'en veux pas à ces individus qui m'ont fait subir cette situation on ne peut plus injuste.

Aude ne découvrait pas la bonté viscérale de sa grand-mère. Une disposition de son âme qui l'avait sauvée du malheur en définitive.

- Après ces deux mois terribles sur une plage, j'imagine que vous avez été emmenées dans un endroit plus confortable. Vous n'aviez rien fait de mal après tout, lança Aude.

- C'est ce que je me disais chaque jour … que nous ne méritions pas ce sort. Les survivants, dont nous faisions partie — ma mère et moi —, avons été transférés par camions vers le département de l'Hérault, puis logés dans des baraques au confort rudimentaire. C'était beaucoup mieux cependant que le sable ; car celui-ci entrait dans nos chaussures et sous nos vêtements. J'ai gardé de ce temps-là un mauvais souvenir du bord de mer.

Durant un bref instant, Lorenza demeura pensive.

- Te souviens-tu de l'endroit de ce camp dans l'Hérault ?
- Nous avons été séquestrés à Agde. En voyant les fils de fer barbelés entourant le camp, je me demandais pourquoi nous étions traités d'une façon aussi haineuse. Je ne l'ai compris que plus tard et en lisant que le gouvernement de Vichy considérait les réfugiés espagnols comme des individus dangereux.
- En quoi les réfugiés présentaient-ils une menace ?
- Le gouvernement de Vichy était fasciste et les réfugiés étaient des opposants au franquisme qui collaborait avec Hitler. Ces fuyards espagnols étaient donc des indésirables susceptibles de provoquer un désordre social.
- Les femmes et les enfants étaient perçus, de même, comme des dangers pour la paix sociale ?
- Ce gouvernement xénophobe, raciste même, était un exemple d'intolérance et qui ne se préoccupait guère de distinguer les catégories de réfugiés. Par conséquent, plutôt que d'intégrer les femmes et les enfants dans la société française, il les a isolés dans des camps. Une aberration effectivement !
- Vous aviez un statut identique aux juifs en quelque sorte.
- Oui, presque.
- Ta maman et toi êtes restées là combien de temps ?

- Quatre mois environ. Ensuite, femmes et enfants ont été transportés à Lodève dans l'Hérault et entassés dans un vieux bâtiment. Nous étions moins nombreux toutefois qu'à Agde.

- C'est-à-dire ?

- Oh, plus ou moins deux à trois cents et exclusivement des femmes et des enfants.

- Quelles étaient vos conditions de vie ?

- Avec des espaces exigus, l'hygiène était forcément précaire. De plus, les poêles dégageaient des fumées nocives et cela aggravait les problèmes de santé de certaines personnes qui souffraient déjà d'affections pulmonaires. Il y avait aussi des bébés encore nourris au sein par leurs mères et d'autres en bas âge qui pleuraient pendant des heures bien souvent. Le bruit était infernal et assommant à la longue.

- J'en déduis que vous n'aviez droit à aucun soin.

- Des médecins et des infirmières passèrent pour nous ausculter et pour constater les conditions sanitaires dans lesquelles nous vivions. Pourtant, la situation n'évolua guère. Un certain nombre de femmes et d'enfants souffraient de bronchite et de diarrhée, parfois chroniques. Vu la vétusté des toilettes, les lieux étaient évidemment insalubres et une puanteur indescriptible embaumait le bâtiment.

- Mon Dieu, quelle horreur ! Tempêta Aude.

- Oui, tu peux le dire.

- Quelle était l'ambiance entre vous toutes ?

- Comme dans toute communauté, il y a de bonnes personnes et d'autres très agressives, voire diaboliques. Aussi il y avait fréquemment des heurts. D'autant que la promiscuité n'était pas propice à l'harmonie. Concernant ma chère maman, elle était toujours la première à rendre service, à porter secours aux malades, à s'occuper des enfants au besoin. Les femmes l'appréciaient beaucoup d'ailleurs. Heureusement, il n'y avait pas d'hommes dans cette prison, sinon quelle sacrée pagaille cela aurait été avec des conditions de vie encore pires.

- Vous êtes restées là combien de temps ?

- De mémoire, huit mois. Pour me repérer dans le temps, je comptais les jours en traçant des barres sur un mur. Je m'ennuyais horriblement dans cet espace confiné et j'avais le sentiment d'y gaspiller les meilleures années de ma vie. Moi qui aimais tant l'école et qui avais souhaité pouvoir entreprendre des études, je me sentais punie par Dieu. Je pressentais alors que ma destinée ici-bas prendrait un tour chaotique, catastrophique même.

- Tu continuais de croire en Dieu malgré tout ?

- Oui, je ne l'accusais pas de me rendre malheureuse. Maman avait insufflé mon cœur de la foi en Dieu et en Jésus-Christ, vu qu'elle était très croyante. Quant à papa, il l'était beaucoup moins. Cette foi m'a permis de trouver le courage de faire face à l'adversité.

Aude admirait la belle élocution de sa grand-mère, le français n'étant pas sa langue maternelle. Cette dernière avait manifestement réussi ce petit prodige culturel grâce à la lecture.

- Après ces huit mois à Lodève, vous avez été libérées j'imagine, s'informa Aude.

- Fichtre non ! Les gendarmes ont envoyé les survivantes et ...

- Il y a eu beaucoup de morts ? Coupa Aude.

- Je ne les ai pas comptés, mais un tiers des prisonnières au moins. De voir ces personnes sans vie que des hommes amenaient dans une fosse commune, sans doute, me déstabilisait énormément.

- Avant que je ne t'interrompe, tu disais que ...

- Que disais-je donc ? Ah oui ! Les gendarmes ont envoyé le reste des femmes et leur progéniture dans un autre camp dont j'ai su qu'il se situait toujours dans le département de l'Hérault ... à Rieucros précisément. Il s'agissait d'un grand camp où il n'y avait, là aussi, que des femmes et des enfants. Nous dormions dans des baraquements mal chauffés et éclairés a minima. Les conditions d'hygiène y étaient aussi catastrophiques qu'à Lodève. Je pense que les camps nazis ne devaient pas être plus sordides.

- Combien étiez-vous dans ce camp ?

- Entre sept et huit cents femmes et cent enfants environ. Or les bâtiments en pierre n'étaient prévus que pour une petite centaine de personnes tout au plus. Tu imagines alors la difficulté de se mouvoir dans si peu d'espace. Aussi beaucoup dormaient à la belle étoile.

- Vous n'étiez que des réfugiées espagnoles ?

- Non. Les internées étaient de plusieurs nationalités : des Belges, des Russes, des Polonaises, des Françaises dont un certain nombre de juives.

- Comment était la vie au quotidien dans ce camp ?

Lorenza ferma les yeux et demeura silencieuse un moment. Puis elle reprit sa narration :

- Je revois les deux bâtiments en pierre et les baraquements en bois alignés comme si j'en étais partie hier. Nous dormions sur des paillasses posées sur des châlits superposés. Au comble du désespoir, je demandais parfois à ma mère. Nous conversions évidemment en espagnol :

« Maman, pourquoi nous sommes entassées comme des animaux ?

- Je te l'ai dit cent fois, ma fille … parce que les Français n'aiment pas les Espagnols.

- On a rien fait de mal pourtant. Échappons-nous et retournons à Bubión. Là-bas, au moins, on vivait pas dans cette saleté répugnante.

- Ma chérie, la vie serait peut-être pire chez nous.

- Ça peut pas être pire. Ah non alors !

- Ne crois pas ça, Lorenza. Nous serions perçus comme des traîtres, des criminels même, à cause de l'engagement de ton père dans les factions révolutionnaires.

- Maman, il est où papa ?

- Dieu seul sait, ma fille.

- On le reverra plus jamais alors?

- J'espère que si et je prie chaque jour pour ça ».

- En imaginant mon père en train de se faire tuer en combattant, je me mis à verser toutes les larmes de mon corps.
- C'était terrible pour toi de ne pas savoir si ton cher papa était vivant ou mort.
- Oui, une grande souffrance. Je désirais m'échapper de ce camp pour partir à sa recherche. Ma mère pensait, de son côté, qu'une évasion était insensée. Elle m'en dissuadait en disant :

« Ma chérie, il n'y a pas la moindre solidarité entre les femmes de ce camp. Et puis, nous prendrions quelle direction ? On serait vite rattrapées et exécutées. Quant à ton père, je n'ai pas la moindre idée du lieu où il se trouve ».

- J'abandonnai donc cette idée loufoque. Pour ne pas tourmenter ma mère dont la santé était défaillante, je fis comme si je me résolvais à cette existence sordide. Heureusement, mon corps résistait au froid et à l'humidité. Quand l'été arriva, il y eut une accalmie au niveau des bronchites et autres problèmes pulmonaires qui en avaient emporté plus d'une. Puis vint l'automne et l'hiver avec des températures en dessous de zéro. Les pluies transformaient le terrain en bourbier et il n'y avait que quatorze baraquements en bois pour nous toutes. Par contre, le terrain mesurait plusieurs hectares, je n'ai jamais su combien au juste. Nous pouvions nous y promener et avoir ainsi l'impression de ne pas vivre les unes sur les autres. Cet hiver-là fut dramatique, car maman contracta une pneumonie. Cela commença par une toux sèche et se poursuivit par des quintes à répétition accompagnées par une forte fièvre. J'eus beau me démener pour trouver des médicaments, je n'arrivais à obtenir qu'un peu de sirop et quelques cachets d'aspirine. Cela ne sauva pas ma mère qui succomba deux semaines plus tard. Je voulus alors la rejoindre au sein de cet au-delà que j'imaginais inondé d'une belle lumière. La certitude que je ne reverrai plus mon cher père et, à présent, la perte de ma mère, dont l'amour pour moi avait été si grand, me donnait l'impression de tomber dans un gouffre. Je fis une dépression, laquelle aurait pu m'être fatale s'il n'y avait eu le secours d'une femme, une dénommée Irena d'origine polonaise, qui avait sympathisé avec maman de son vivant. Comme elle avait une fille âgée de seize ans, j'eus l'opportunité d'une amitié réconfortante. Irena étant très débrouillarde, je pus aussi mieux manger et me retaper. Cette belle femme blonde aux yeux clairs possédait de jolis atouts qu'elle savait monnayer contre quelques avantages auprès d'un garde. Pourtant, nous n'étions guère reluisantes et nous empestions même à cause de l'affreuse crasse.

Aude écoutait attentivement tout en prenant des notes grâce auxquelles elle pourrait enrichir le récit.

- Au contact des juives françaises et belges, poursuivit Lorenza, j'avais appris les rudiments du français. Comme Irena et sa fille Martyna avaient également mémorisé un bon vocabulaire de cette langue, nous arrivions à mieux communiquer ensemble. Certes, il était important pour Irena de parvenir à échanger avec le garde ; car ils s'étaient visiblement amourachés l'un de l'autre. Désormais, nous formions un trio très soudé et je ne manquais plus de l'essentiel. Nous bénéficions même de plusieurs douches, la nuit, dans la salle de bains du bâtiment dédié à l'administration. Ce n'était pas le luxe, mais cela nous décrassait. Avec du tissu, fourni par le fameux garde, Martyna nous fabriqua à chacune une jolie robe. C'était une couturière douée et qui donnait, d'ailleurs, des formations à celles qui le souhaitaient. C'est grâce à elle que je me suis intéressée à la couture et que j'ai désiré ensuite me perfectionner dans cet art. Évidemment, il y avait des jalousies, des mesquineries, des insultes ainsi que des bagarres au sein de cette communauté on ne peut plus hétéroclite. Finalement, les femmes ne sont pas meilleures que les hommes. Elles sont pires, parfois, vu qu'elles agissent avec plus d'hypocrisie. Irena ayant été vue en train de parler d'un peu trop près avec un garde, dont j'appris qu'il se prénommait Yves, elle fut traitée de collabo et prise à partie par des juives russes, polonaises et françaises notamment.

Un soir, Irena nous informa Martyna et moi :

« Il est question de nous envoyer dans un autre camp qui se situerait à Brens.
- C'est où ça Brens ? Tu le sais toi ? Demandai-je.
- Yves m'a dit que c'est dans le Tarn à deux cents bornes environ d'ici. Y paraît que cet endroit est horrible. Y a des anarchistes, des prostituées … bref on va s'y faire écharper, c'est sûr.
- Quoi faire ? Il faudra bien y aller si on nous y envoie.
- Pas question. On va déguerpir de cette taule, crois-moi.
- Fuir ? Mais comment ? Et pour aller où ? M'inquiétai-je ».

- Si la perspective d'une évasion m'excitait, je me souvenais des paroles d'avertissement de ma regrettée mère.

« On va nous rattraper et nous pendre. Et puis il y a des gardes partout, renchéris-je.
- Mais on va pas s'échapper, ma petite Lorie ».

- C'était le diminutif qu'elle m'avait collé. Quoique je ne l'aimais guère, je m'en satisfaisais.

« Ah, ton Yves veut pas que tu lui files entre les pattes, plaisantai-je.
- Chut ! Pas un mot surtout … à personne tu entends ! Sinon, tout va foirer.
- Ne t'inquiète pas pour ça, Irena ».

- J'attendais impatiemment de voir enfin autre chose que ce maudit stalag, de pouvoir disposer de ma vie librement. Nous végétions, tels des animaux dans un enclos ceinturé par des barbelés. Aussi avais-je le sentiment de mener une existence inutile dans le monde de l'horreur. D'autant que j'ignorais totalement le sort que ces autorités françaises nous réservaient à terme. Prévoyaient-elles de nous fusiller, de nous envoyer vers un camp plus terrible encore, de nous laisser mourir de faim et de maladie ? Nous étions déjà confrontées à la faim et à la maladie depuis notre arrivée dans ce pays et, régulièrement, les gendarmes faisaient jeter des corps sans vie dans la fosse commune.

Lorenza marqua une courte pause, puis elle reprit son évocation :

- J'eus soudain une diarrhée qui me força à rester allongée sur ma paillasse. Je m'affaiblissais, malgré les médicaments qu'Irena se procurait pour m'éviter le destin de tant de femmes au sein de ce camp. Je pleurais souvent aussi en pensant que je n'aurais jamais finalement la chance de vivre une vie de femme. J'avais à peine quatorze ans et le sentiment que ces satanés français me volaient les meilleures années de mon existence. Que n'étais-je une adolescente heureuse et entourée par ses chers parents. Il m'arrivait de hurler, à l'écart, contre cette fatalité, cette condition injuste … contre Dieu même. Quand Martyna restait à mon chevet, parfois, l'inquiétude sur son visage ne me rassurait guère.

« Je vais mourir, Martyna. Vous allez partir d'ici sans moi ».

- En effet, je me sentais devenir de plus en plus moribonde.

« Non, on va empêcher ça, ma Lorie. Garde le moral surtout. Un bon moral te sauvera du pire ».

- Je me demandais bien, à l'époque, comment le moral pourrait m'amener à vaincre cette épouvantable dysenterie.

- Une nuit, je fus amenée par deux gendarmes dans le bâtiment dédié à l'administration du camp. Un médecin m'y examina, puis il me fit une piqûre. « *On me liquide comme un chien galeux* », pensai-je. Les mêmes gendarmes me ramenèrent ensuite vers ma paillasse. Les jours suivants, Irena se chargea de m'administrer les piqûres journalières prescrites pas le docteur. En définitive, elle était très douce et douée pour les soins infirmiers. Dès lors, mon état s'améliora. Je me sentis donc assez forte pour me lever et marcher avec un bâton que m'avait procuré Martyna. J'en vins à lui confier la pensée qui m'était venue, lors de la piqûre par le médecin. Ce qui déclencha un fou rire chez elle et chez moi aussi. Il m'apparaissait que je n'avais plus ri depuis une éternité.

> « *Tu vois, , ma chérie, on partira pas sans toi.*
> *- Vous êtes si bonne avec moi, ta mère et toi, ma Martyna. Vous irez au Paradis, c'est sûr. N'est-ce pas, mon Dieu, que tu les prendras dans ton royaume ? Invoquai-je en levant le regard.*
> *- Laisse le Paradis où il est. On veut vivre, on va vivre et maintenant que le mal t'a quittée, tu vas connaître bientôt de bonnes choses* ».

- J'espérais de tout mon cœur que ce projet de fuite ne se transformerait pas en chimère et que nous ne finirions pas dans ce goulag, ou un autre, en maudissant ce satané gendarme de nous avoir fait rêver à l'impossible.

Lorenza stoppa sa narration, puis elle essuya ses yeux mouillés par le souvenir de cette époque.

- Un jour, alors que j'épluchais des légumes pour le déjeuner, poursuivit-elle, car nous avions la faveur d'une nourriture meilleure que les autres prisonnières. Tu vas trouver cela injuste sans doute ...

- Non, mamie. Dans votre situation, c'était la loi de la jungle, rétorqua Aude.
- Oui ... peut-être ... je ne me posais pas la question à vrai dire. Je vivais au jour le jour et égoïstement.
- Donc, tu disais que ...
- Que disais-je donc ! Ah oui ! Martyna déboula vers moi toute excitée comme si elle avait vu le Bon Dieu en personne.

« *Devine, ce qui m'est arrivée, lança-t-elle.*
- *Ah ça, je suis pas voyante. Alors, qu'est-ce qui t'est arrivé de si extraordinaire ?*
- *Tu sais, Yves le gendarme qui ...*
- *Bon et alors, coupai-je.*
- *Minute, j'y viens ! Yves, donc, est venu avec un collègue qui a dit qu'il aimerait faire ma connaissance*
- *Je vois rien d'étonnant à ça. Une belle plante comme toi ... c'est normal qu'il ait le béguin pour toi.*
- *Merci ma Lorie. Mais je sais pas s'il a le béguin. On en est pas là lui et moi.*
- *Ça va pas tarder à mon avis. Il est comment ce play-boy ?*
- *Ce gars a les plus beaux yeux de la terre.*
- *Les plus beaux yeux de la terre ? Tu crois pas que tu exagères un peu ?*
- *Non, je t'assure. Ses yeux ont la couleur d'un ciel sans nuage, mais un bleu plus transparent avec des rayons gris clair.*
- *Ben, dis donc, il t'a vraiment tapé dans l'œil ce petit gendarme.*
- *Tu peux le dire. J'espère seulement que ma dégaine négligée de prisonnière ne va pas le rebuter.*
- *Avec ton talent de couturière, tu vas te mettre en valeur. C'est sûr !*
- *Oui, mais il me faut du tissu* ».

- Le lendemain, j'eus l'opportunité d'apercevoir le galant de Martyna qui avait effectivement le regard d'un bleu magnifique. Ces petites lumières illuminaient en outre son visage. Je lui donnais vingt-trois ou vingt-quatre ans, alors que Martyna était dans sa dix-huitième année. Une très jolie fille avec de longs cheveux blonds frisés, des yeux clairs et un sourire débordant de charme. « Ils feraient un très beau couple », pensai-je tout en craignant que ce gendarme ne cherchât une simple aventure. Ayant appris qu'il se prénommait Jean-Michel, il me plut de l'affubler du sobriquet de « bozieux ».

Aude sourit. Lorenza poursuivit :

- Cet événement provoqué par Yves m'amenait à deviner que le jour de l'évasion n'était plus très lointain. J'avais quatorze ans et cinq mois, mais j'en paraissais deux de plus à cause de cette condition drastique. Pour ma part, je n'aspirais pas à trouver un gendarme disposé à me chaperonner. Je comptais plutôt vivre libre et suivre la voie de ma petite destinée. Une semaine plus tard, Irena nous confia à Martyna et à moi :

« C'est pour cette nuit.
- Ah, chouette ! J'ai hâte ! M'exclamai-je.
- Et surtout, rappelez-vous bien … pas un mot à personne … vous m'entendez ? ».

- Nous rétorquâmes de concert :

« Oui, oui, bien sûr !
- Il y a cependant une faveur que je voudrais te demander Irena.
- Quelle faveur ?
- J'ai sympathisé avec Elena, une russe, qui est arrivée récemment et qui est perdue ici.
- Je t'ai vue avec plusieurs fois. C'est une juive, n'est-ce pas ?
- La pauvre, elle y peut rien. On pourrait l'amener avec nous, non ?

- Pas question, Lorie. Yves voudra pas faire sortir tout le camp.

- Mais c'est pas tout le camp. C'est juste Elena. Tu dis ça, parce qu'elle est juive.

- Oh toi alors ! Bon, je vais voir ça avec Yves. C'est pas gagné, crois-moi. Aussi ne promets rien à cette Elena ».

- Le jour de la grande cavale fut très particulier me concernant. Je n'arrivais pas à intégrer le fait que je serai demain hors de ce maudit enfer et qu'une existence nouvelle débuterait. Quoique je m'interrogeais sur les moyens aptes à me permettre de subsister, car je n'imaginais pas Irena se chargeant de mon quotidien.

- Tu n'étais cependant qu'une adolescente, fit remarquer Aude.

- Certes, mais la vie dans ces camps m'avait fait grandement mûrir.

- Êtes-vous allées au bout de votre projet finalement ?

- Patience, ma fille. Voici la suite de l'histoire. Après avoir rassemblé nos quelques affaires, nous nous rendîmes, la nuit venue, au point indiqué par Irena. Comme j'avais reçu le feu vert, j'étais allé dire à Elena qu'elle quittait le camp. Elle m'avait alors lancé :

« Où on va ?

- T'inquiète pas ! Allez dépêche-toi ! »

- Je savais dire pas mal de choses en russe grâce à Martyna qui le parlait couramment. Suite à mon injonction, Elena s'était alarmée.

« On fuit, c'est ça ? Mais il y a des gardes partout. On va nous punir.

- T'en fais pas pour les gardes. Bon, tu veux venir ou pas ?

- OK, d'accord. Je te suis ».

- Assises sur un tas de pierres, nous attendions – Martyna, Elena et moi – qu'Irena vînt nous chercher. Je me disais en moi-même : « Pourvu que tout se passe bien ». Ma crainte était en effet qu'Yves ait fini par éveiller les soupçons d'un collègue avec ses allées et venues en compagnie d'une belle blonde ; même si cela avait lieu au milieu de la nuit. Naturellement, je gardais ma peur pour moi. Car le regard angoissé de mes camarades me faisait subodorer qu'elles craignaient, comme moi, que cette fuite n'avortât subitement. Irena arriva enfin et chuchota :

« *Tout est OK. Allez, on fait fissa. Yves nous attend au bout là-bas* ».

- Nous courûmes jusqu'à l'endroit où, effectivement, un homme était posté en tenue de gendarme. Il s'était arrangé, visiblement, pour être de garde cette nuit-là.

« *Pas de temps à perdre, les filles ! Dépêchons !* ».

- La barrière franchie, nous nous retrouvâmes sur un petit chemin. Après une marche d'une dizaine de minutes, nous grimpâmes dans un camion. « Nous voici parties pour une drôle d'aventure », me dis-je dans ma tête. Le véhicule roula pendant une heure, puis il s'arrêta en pleine campagne à l'écart de la route. Yves rabattit la ridelle et nous commanda de descendre. Il s'adressa ensuite à Irena :

« *Tu es toujours d'accord pour me suivre ?*
- Oui, mais pas sans ma fille.
- Jean-Michel va bien s'occuper d'elle.
- Elle est encore trop jeune. Il peut venir avec nous s'il veut.
- Bon, bon, pas de problème ».

- Bozieux, qui semblait être un gentil garçon, ne disait mot. Yves n'avait pas l'air d'un rustre non plus.

« *Et tu as prévu quoi pour les deux autres ? S'inquiéta Irena.*
- Vous avez quel âge ? Interrogea le gendarme.
- J'ai quatorze ans et Elena en a dix-huit, répondis-je ».

- Celui-ci partit discuter en aparté avec Bozieux. De retour vers nous, il lança :

« *La tante de mon collègue a une ferme. Vous pourrez vous y rendre utile. Il va vous y amener en camion* ».

- Ce fut donc l'heure des dernières embrassades. J'avais l'intuition que je ne reverrai plus Irena et Martyna, lesquelles étaient devenues pour moi de vraies parentes au fil de notre internement à Rieucros. Cette séparation me donnait l'impression d'être plus encore orpheline. Je grimpai impulsivement à l'arrière du camion suivie d'Elena, puis, les mains sur le visage, je me mis à pleurer.

« *Au revoir, ma Lorie chérie. Bon courage à toutes les deux* », lança Irena.
- Au revoir, Lorie. On se reverra, va ! S'écria Martyna avec des larmes pleins les yeux.
- Adieu, Irena et toi aussi Martyna ! Vous allez me manquer ! M'écriai-je ».

- J'agitai ma main en prenant sur moi pour sourire, afin qu'elles n'emportassent pas une dernière image trop triste de ma personne. Bozieux démarra et mes deux amies firent de même jusqu'à ce que le véhicule eût amorcé un tournant. Je me jurais de ne plus remettre les pieds à Rieucros, un endroit qui porterait à jamais les stigmates d'une époque douloureuse. Irena est sûrement décédée aujourd'hui et Martyna une vieille femme comme moi. Grâce à elles, mes conditions de vie dans cette prison ont été adoucies.

- Sur une grande partie de mon transport vers mon nouveau cadre de vie, je me répétais : « Libre, je suis libre ! ». Avec un gendarme, comme chauffeur, nous ne risquions pas d'être reprises et de subir le sort des récalcitrantes. N'ayant pas de montre, je ne me situais dans le temps que par rapport à la lumière du soleil, pareillement aux individus de temps très anciens certainement. Lorsque le camion entra dans une cour de ferme, j'avais le sentiment qu'il s'était écoulé cinq à six heures. Les soubresauts sur le banc de bois et la conduite saccadée de Bozieux m'avaient meurtri le fessier et les reins. À notre arrivée, la volaille les canards et autres oies fuirent en tous sens. Des odeurs, que j'avais connues à Bubión, embaumèrent agréablement mes narines. Ce qui tendit à me mettre d'emblée en sympathie avec cet endroit.

Lorenza arrêta de se raconter. Subodorant qu'elle aspirait à se reposer après une si longue évocation, Aude suggéra :

- Mamie, il est très tard. Je vais t'aider à faire ta toilette et à te mettre au lit ensuite. Je ferai la vaisselle et fermerai la porte à clé.
- Merci beaucoup, ma chérie. Dieu m'a bien récompensée en me gratifiant d'une si jolie et gentille petite fille telle que toi.

Chapitre 5

Aude rapatria son domicile une heure et demie plus tard. Elle y passa le reste de la soirée à consulter des sites très bien documentés sur l'exclusion des Espagnols en 1940 ; en effet, elle prévoyait de rajouter un vrai contenu historique à ce livre.

Ainsi elle put en rédiger un synopsis dans le grand cahier à petits carreaux :

« De juin à décembre 1936, il y eut un premier exode de dix mille Basques environ qui quittèrent l'Espagne septentrionale pour la France que les autorités s'efforcèrent de faire refluer vers l'Espagne. Parallèlement, trente mille Catalans environ rejoignirent Marseille et l'Algérie par la mer avec l'aide de passeurs.

Le dictateur Francisco Franco ne ferma pas les frontières, mais fit scrupuleusement ficher les Espagnols de retour au pays. En 1938, il restait quarante mille exilés dont une proportion importante d'enfants. Face à un tel afflux, le gouvernement français donna à ces réfugiés le statut « d'hébergés sous contrôle ». Il dirigea les femmes et les enfants vers des familles ou centres d'accueil et condamna les indésirables à l'internement dans des camps.

L'émigration vers la France s'accéléra au cours de la bataille de l'Èbre – à savoir entre les forces républicaines et les insurgés nationalistes espagnols – et dans les mois qui suivirent. Ce mouvement fut appelé « Retirada » (*la Retraite*). Nombre de Catalans franchirent la frontière française au niveau du Perthus, de Cerbère et de Bourg-Madame – trois localités sises dans les Pyrénées Orientales – après la chute de Barcelone en janvier

1939. En mars de cette même année, un rapport officiel recensa 440 000 exilés pendant que les historiens évaluaient leur nombre à 465 000. Une grande partie de ces réfugiés s'établirent dans la région du Sud-Ouest, tandis que d'autres émigrèrent vers la côte Atlantique, le Massif Central, les Bouches du Rhône ou la Région Parisienne. Tantôt ils reçurent un bon accueil, bénéficiant d'actions de solidarité, tantôt ils suscitèrent la méfiance et furent donc l'objet d'une franche hostilité. La France était grandement xénophobe et raciste en ce temps-là. Des journaux de gauche multipliaient pourtant les reportages, afin d'alerter le public sur les conditions de vie de ces gens : faim, froid, décès par maladie, mais aussi violences des gardiens dans les camps (*lesquels étaient issus des corps de la garde mobile et des troupes coloniales*). Outrées, un certain nombre de personnes proposèrent d'héberger des enfants. A contrario, la presse conservatrice s'employait à attiser la haine des Français envers ces étrangers. Pour ce faire, elle évoquait la présence illégale de milliers de marxistes espagnols sur le sol français.

Le mascaret humain de la « Retirada » inquiéta les autorités qui regroupèrent ces derniers dans des centres de contrôle ou de triage à la frontière franco-espagnole, puis dans des camps d'internement aménagés dans les Pyrénées Orientales ainsi que dans d'autres départements. Les clivages créés par la guerre d'Espagne étaient exploités par les autorités françaises qui se servaient des tensions entre les anarchistes et les communistes pour contrôler ces derniers. À l'instar du camp du Vernet dans l'Ariège qui se muera en camp disciplinaire pour l'enfermement de prisonniers politiques sous le gouvernement de Vichy.

Ayant été légalisé par les décrets du 2 mai et du 12 novembre 1938, l'internement administratif des réfugiés espagnols arrivés en France lors de la « Retirada » fut mis en œuvre au cours des années 1939 et 1940. Dans un premier temps, les Républicains eurent droit à des refuges provisoires le long de la frontière au niveau des Pyrénées Orientales, de la Cerdagne et du Vallespir. Dans un deuxième temps, les autorités les parquèrent sur les plages du Roussillon dans des camps de toile. Ils y avait là 180 000 personnes environ à la fin du mois de février 1939. Par la suite, des camps en dur furent créés dans des régions limitrophes, de façon à désenclaver les Pyrénées Orientales qui arrivaient à un seuil critique de saturation démographique. Les réfugiés prirent donc la direction de divers autres camps selon le sexe, l'origine géographique, le statut civil ou militaire, les aptitudes professionnelles. Par conséquent, le camp de Bram dans l'Aude accueillait les civils, les vieillards et les intellectuels, les camps de Rivesaltes dans les Pyrénées Orientales et d'Agde dans l'Hérault recevaient plutôt des miliciens catalans, le camp de Septfonds dans le Tarn et Garonne regroupait des ouvriers spécialisés que le gouvernement prévoyait d'intégrer dans la société française et, enfin, le camp de Gurs dans les Basses Pyrénées hébergeait des Basques, des aviateurs ainsi que des anciens combattants des Brigades Internationales. En marge de ceux-ci, il existait des camps à vocation disciplinaire : celui du Vernet pour les anarchistes de la colonne Durruti, celui de Rieucros pour les femmes indésirables et le château de Collioure pour les hommes politiques et les syndicalistes.

Les réfugiés fuyant le régime franquiste étaient originaires de différentes régions de l'Espagne, bien que Catalans en majorité. Si les républicains modérés et les socialistes purent mener une vie relativement paisible, les communistes, les anarchistes firent l'objet d'une étroite surveillance. De lourdes sanctions étaient infligées aux plus dangereux : peines d'isolement dans des baraques à usage disciplinaire, transfert dans un camp spécial, expulsion du territoire notamment.

Aude s'attarda ensuite sur les camps ou sa grand-mère avait séjourné.

• Le camp de Lodève

Situé dans l'Hérault, il s'agissait d'une ancienne prison aménagée en centre d'hébergement provisoire pour les femmes et les enfants. Il abrita jusqu'à 1600 personnes. Le commissaire de police de Lodève rapporta la précarité des conditions de vie suite à des sanitaires dégradés et à une absence de sécurité ; vu que ce lieu n'avait pas été prévu pour recevoir tant de gens. De surcroît, à cause d'un tirage défectueux, les poêles rejetaient des gaz hautement nocifs ; ce qui mettait gravement en danger la santé des occupantes et, surtout, de leurs enfants dont des bébés encore nourris au sein. Le médecin-inspecteur qui y fut dépêché en compagnie d'un spécialiste de l'hygiène imposa les mesures indispensables. Il fit procéder à un tri des malades : les éclopés, ceux atteints de bronchite chronique, de diarrhée, de la gale. Les femmes et les enfants transférés à l'hôpital de Montpellier souffraient, entre autres, de problèmes pulmonaires, de fractures, de fistules, d'ankyloses, de tuberculose, d'infections intestinales, de typhoïde, de néphrites, de gastro-entérites, de paludisme, d'érysipèles, de rhumatismes. Les amputations des membres inférieurs n'étaient pas rares.

• Le camp de Rieucros

Il fut créé en janvier 1939. Ce centre de rassemblement hébergea des femmes de toutes nationalités, avec leurs enfants parfois, que les autorités déclaraient indésirables. En 1941, il devint un camp de concentration selon la désignation officielle donnée par le gouvernement de Vichy.

À trois kilomètres de Mende, il était situé dans une forêt à flanc d'une petite montagne. Il y avait là deux bâtiments en pierre, l'un pour l'administration et l'autre pour le logement des familles des gardiens, ainsi que quatorze baraquements en bois pour les internées et leurs enfants.

Lors de sa création en 1939, il fut dédié à l'internement des républicains espagnols, des antinazis allemands et des membres des Brigades Internationales. En octobre de la même année, ces derniers furent transférés au camp du Vernet dans l'Ariège et remplacés par des émigrées allemandes arrêtées pour des raisons politiques.

Rieucros devint le premier camp d'internement de femmes : condamnées de droit commun, extrémistes et de très nombreuses juives. Vingt-cinq nationalités s'y côtoyaient : Françaises, Espagnoles, Russes, Polonaises, Belges, etc.

Mal chauffés, mal éclairés et équipés de paillasses posées sur des châlits superposés, les conditions d'hygiène étaient déplorables dans les baraquements, vu les huit cents femmes et enfants qui devaient y cohabiter. Or cent personnes y auraient été déjà à l'étroit. Les survivantes voyaient des femmes, des amies parfois, mourir à cause d'un manque d'eau, surtout l'été, d'une pénurie de nourriture, de l'humidité et du froid. L'hiver, les lieux ressemblaient à un infâme bourbier.

Si les prisonnières bénéficiaient de la possibilité de se promener sur les quarante-deux hectares de la propriété, elles y étaient contraintes au confinement. Par contre, elles n'étaient pas astreintes à un travail obligatoire. Pour tuer l'ennui, certaines s'adonnaient donc à la couture ou à la vannerie, outre l'épluchage des légumes et le nettoyage des baraques. Les plus douées intellectuellement dispensaient des cours de langue, concevaient des pièces de théâtre ou faisaient des séances de lecture.

En février 1942, les survivantes furent transférées au camp de Brens ou déportées dans des camps de concentration nazis.

L'histoire rapporte l'évasion de plusieurs femmes en juillet 1942 grâce à la complicité d'un gardien. Aude subodora qu'il s'agissait de sa grand-mère, d'Irena, de Martyna et d'Elena. Mais, peut-être, d'autres gendarmes s'étaient-ils amourachés de prisonnières qu'ils avaient aidées à fuir cet enfer.

Bien que l'évasion de sa grand-mère avait eu lieu avant un transfert programmé vers le camp de Brens, Aude jugeait utile de rajouter un petit résumé des conditions inhérentes à celui-ci.

- ### Le camp de Brens

Ce camp de concentration était entouré de fils de fer barbelés et composé de vingt baraquements en bois. Une vingtaine de nationalités y étaient présentes : allemande, espagnole, tchèque, française, polonaise, russe, etc. Le gouvernement de Vichy l'avait créé pour les femmes jugées indésirables et représentant un danger pour la paix du pays. Outre des républicaines espagnoles, des antinazies, des communistes, des anarchistes, des gaullistes, on y enfermait les prostituées.

Les conditions de vie ressemblaient peu ou prou à celles de Rieucros : froid, humidité, sous-alimentation. Les prisonnières manquaient de vêtements et de chaussures, de lait pour leurs enfants, d'eau potable. L'absence d'une infirmerie dans le camp faisait que ces dernières ne recevaient aucun soin en cas de maladie. De nombreux enfants contractèrent des angines, des otites, des congestions pulmonaires, notamment. La promiscuité, due au surpeuplement, provoquait des tensions, voire des violences. Les activités manuelles et intellectuelles permettaient néanmoins aux prisonnières de survivre.

En août 1942, trente et une femmes juives furent déplacées vers Saint-Sulpice, une commune voisine, puis envoyées à Auschwitz. Après avoir tenté d'empêcher cela, un groupe important des femmes du camp décidèrent de faire marche arrière pour ne pas subir le même sort. Cette déportation fut suivie de deux autres.

Aude essaya d'imaginer sa grand-mère, jeune adolescente, obligée de vivre dans un camp suite à sa filiation avec un révolutionnaire. Elle aurait pu devenir plus tard une rebelle, une contestataire politique, une personne immaitrisable. Or elle avait préféré pardonner, afin de ne pas entretenir une rancœur contre ce pays jusqu'à sa mort ; puisqu'elle avait choisi d'y rester. Aude culpabilisait soudain de l'avoir amenée à ressusciter des souvenirs enfouis au plus profond de sa mémoire sans doute.

Chapitre 6

Aude arriva chez sa grand-mère avec son habituel enthousiasme. Une disposition qui égayait le cœur austère de Lorenza, laquelle se satisfaisait d'une existence dans une triste solitude à réfléchir, à visiter son vécu et à lire un peu. Certes, elle préférait son petit chez elle à une chambre dans une maison de retraite, voire chez Aude. Cette dernière se réjouissait qu'elle se soit remise à la lecture via les deux romans qu'elle lui avait apportés. Quant à Lorenza, elle s'efforçait d'apprivoiser derechef sa vieille passion pour les livres.

Aude prépara un dîner qu'elles prendraient en conversant.

- Tu veux toujours que nous continuions cet intéressant récit de ta vie, mamie ?

- Comme je te l'ai déjà précisé, je ne suis pas certaine qu'il intéressera grand monde. Mais puisque tu penses visiblement le contraire … je m'y résous.

Sur la table apprêtée, Aude posa le plat de résistance, à savoir deux soles accompagnées de haricots verts et de riz à la vapeur. Car Lorenza se contentait d'un repas léger et, surtout, diététique. Après avoir ouvert l'application dans son smartphone dédiée à l'enregistrement ainsi que son cahier sur une nouvelle page blanche, Aude spécifia :

- J'ai complété l'évocation de tes séjours dans les camps par des informations que j'ai trouvées dans internet.

- Sont-elles fiables au moins ?

- Oui, oui. J'ai croisé ces informations à l'aide de plusieurs sites très sérieux. Et, d'ailleurs, cela corrobore bien tes dires.

- Bien, ma fille. Où en étions-nous restées la dernière fois ?

- Tout d'abord, peux-tu me préciser ce que cette période noire t'inspire ? N'entretiens-tu pas en définitive quelques griefs contre la France ?

- Ni grief, ni rancœur ! J'aurais rapatrié ma chère Andalousie sinon. Il est vrai que ce pays, censé être celui des droits de l'homme, devrait se poser beaucoup de questions concernant ses agissements à plusieurs moments de son histoire. Le gouvernement pétainiste qui a rejeté les révolutionnaires espagnols, en les présentant sous le jour d'un danger potentiel pour le pays, était celui d'une France xénophobe, intolérante, raciste même. Ce maréchal ne mérite guère sa place au Panthéon. N'aurait-il pas été plus humain d'accueillir ces familles espagnoles en détresse et de les intégrer dans la société civile ? Ces gens-là fuyaient le franquisme, un régime totalitaire, ils n'émigraient pas en France pour y semer le désordre. Ceci étant, j'aime cette France qui s'est montrée très différente après la libération de 1945. J'y ai vécu des années tantôt heureuses, tantôt douloureuses ; mais cela est le lot de beaucoup. La France n'y est pour rien.

- As-tu revu ton père après la Libération ?

- Non, il était déjà décédé en 1941.

- Comment l'as-tu appris ?

- Une amie proche de ma tante Carmen, la sœur cadette de mon père, l'a rapporté à ma mère avant sa mort au camp de Rieucros. Carmen et cette personne, une dénommée Carla, avaient passé quelques mois ensemble dans un maquis, puis été arrêtées par la gestapo et torturées. Alors que Carla réussit le prodige de s'évader des geôles allemandes avec l'aide de deux maquisards, ma tante, trop affaiblie, ne put pas les suivre. Cette dernière apprit ensuite que Carmen avait été envoyée à Buchenwald, un camp de concentration nazi. Elle pensa alors qu'elle n'y survivrait pas.

- Comment cette Carla s'est-elle retrouvée à Rieucros ?

- S'étant fait passer pour une réfugiée au sein d'un groupe de basques espagnols, elle a subi le même sort que ces gens. Elle s'est ainsi évitée une déportation dans un endroit pire, à l'instar de Carmen.

- Tu sais ce qu'elle est devenue ?

- Une maladie l'a emportée à Rieucros peu après ma mère.

- Concernant ton père, cela a dû grandement te peiner d'apprendre qu'il n'était plus de ce monde.

- Oui, bien sûr. J'espérais seulement que les âmes de mes chers parents étaient réunies quelque part dans le Ciel. Leur amour avait été interrompu trop tôt sur cette terre.

Cette réflexion de Lorenza émut Aude. La foi chrétienne de cette dernière la réjouissait, étant elle-même très croyante.

- Je te propose à présent de revenir sur ce moment où tu recouvris enfin ta liberté après ton internement à Rieucros. C'était en quelle année déjà ?

- En 1942 … en juin 1942 précisément. J'avais passé deux ans et demi dans des camps à cause de mon statut de réfugiée espagnole. Ce n'est que bien plus tard que j'ai réalisé pourquoi le gouvernement de l'époque nous traitait comme des indésirables.

- Et pourquoi donc ?

- En fait, nous avions passé la frontière avec un groupe dans lequel s'étaient introduits des anarchistes. Or nous l'ignorions totalement. Certes, maman n'avait jamais adhéré à une quelconque formation politique. Peut-être aussi papa avait-il été fiché en Espagne en tant qu'activiste révolutionnaire. La police française ayant été sûrement informée, nous passions, ma mère et moi, pour des dangers potentiels. Ignorant ces faits, nous pensions que la France nous ferait un bon accueil et qu'elle nous offrirait l'opportunité de nous insérer dans la société. Drôle d'accueil, n'est-ce pas !

- Cela a dû vous perturber énormément d'être traitées comme des criminelles.

- Oui, plutôt. Maman n'ayant jamais été une contestataire, elle s'est soumise ; quoiqu'elle se demandait pour quelle raison on l'enfermait ainsi et moi aussi … une adolescente inoffensive. De toute façon, je n'aurais voulu être nulle part ailleurs qu'avec elle.

Aude compatissait à ce désir tout en ressentant une grande peine en son cœur. Elle consulta son cahier et lança soudain :

- Avant de dériver vers des considérations philosophiques, tu me racontais ton départ vers le lieu où te conduisait un gendarme en compagnie d'Elena.
- Oui, Bozieux avait la charge de nous transporter vers la ferme de sa tante à Verfeil dans la Haute-Garonne. À notre arrivée là-bas, il nous ordonna :

« *Restez là vous deux, j'en ai pour deux minutes* ».

- Nous le vîmes discuter avec sa parente. Je subodorais donc qu'il lui exposait la situation en la priant de nous accueillir chez elle. Lorsqu'il revint vers le camion, il nous demanda de descendre, puis il nous conduisit vers cette femme d'une quarantaine d'années – je sus plus tard qu'elle en avait trente-neuf – qui déclara d'une voix ferme et sans le moindre sourire :

« *Allez, jeunes demoiselles, je vais vous installer quelque part* ».

- Après quoi, Bozieux nous serra la main et repartit à bord de son véhicule pour rejoindre sûrement sa Martyna. C'était un bon garçon habillé en gendarme et qui s'interrogeait sans doute sur cet engagement au service d'une autorité on ne peut plus inhumaine.

- Nous eûmes le privilège d'une pièce au fond de la maison qu'il nous fallût nettoyer et rendre vivable. J'ai dit le privilège, car, comparée aux baraquements des camps, j'avais l'impression personnellement de retrouver là un peu de confort. Anne-Marie, notre hôtesse, était une personne de caractère, quoique d'une nature aimable. Son mari ayant été contraint de partir en Allemagne dans le cadre du travail obligatoire, elle doutait de le revoir un jour.

« Il va peut-être se trouver une jolie blonde qui lui fera un enfant et qu'il ne voudra plus quitter, nous confia-t-elle un soir ».

- Si elle faisait mine de se résoudre à cette éventuelle fatalité, je la sentais angoissée par ce possible abandon. Elle était plutôt baraquée, de taille moyenne, avec un visage très rond, des yeux bleus pétillants et une voix forte. Certes, elle n'envoyait pas dire ce qu'elle avait à dire. Je discernais cependant une sensibilité cachée derrière cette allure un peu hommasse. Comme j'étais très sensible et diplomate, nous eûmes d'emblée un bon contact. Concernant Elena, sa nature discrète ne la prédisposait guère à la volubilité. D'autant qu'elle n'avait qu'une connaissance basique du français. De surcroît, elle s'efforçait visiblement de ne pas s'attirer l'inimitié d'Anne-Marie.

- Nous fîmes la connaissance de Gisèle, la fille d'Anne-Marie, qui revenait d'un petit séjour chez sa grand-mère dont nous apprîmes, plus tard, qu'elle était veuve de guerre. Gisèle étant dans sa quinzième année et moi dans ma quatorzième, nous devînmes rapidement amies. Plutôt bien en chair, les cheveux mi-longs, des yeux très ronds à l'iris d'une jolie couleur noisette, elle affichait un tempérament dynamique et volontaire. Elle me confiait souvent qu'elle ne prévoyait pas de finir sa vie dans une ferme à nourrir la volaille ou à traire les vaches, mais qu'elle envisageait de partir vers la capitale pour tenter d'y monter sur scène. En effet, Dieu l'avait dotée d'une belle voix de soprano qui méritait d'être travaillée. À Paris, certes, elle trouverait un professeur en mesure de l'y aider. Chaque jour, nous avions la faveur de ses vocalises ainsi que de courts morceaux de grands compositeurs dont elle avait récupéré les partitions via le libraire de Verfeil, un gros village proche.

- Quels travaux effectuiez-vous dans cette ferme ?

- Nous aidions aux tâches agricoles, donnions à manger aux animaux, faisions la traite des deux vaches et divers autres petits travaux. Cela avait lieu dans une ambiance, somme toute, agréable. Le jour où vint la mise à mort d'un porc, je partis m'isoler pour ne pas avoir à supporter ses hurlements aigus. Une scène qui m'aurait traumatisée pour le restant de mes jours. Ainsi je n'eus pas à le tenir ni à procéder à son découpage.

- Elle revendait les produits de la ferme, je suppose.

- Des personnes venaient régulièrement, toujours à la nuit tombée, pour acheter des œufs, du fromage, du jambon, de la volaille et des produits du potager. Je ne sais pas comment avaient lieu les transactions, vu qu'Anne-Marie gardait pour elle le détail de ce marché noir.

- Les Allemands ne soupçonnaient rien ?

- Un matin, un officier allemand débarqua dans la ferme en compagnie de quatre soldats. J'eus peur alors que cette descente ne tournât au cauchemar. Nous partîmes, Elena et moi, nous cacher au fond de la grange. C'est Gisèle qui nous informa ensuite de la raison de cette visite inopinée.

« Ils ont posé quelques questions, puis ils sont repartis avec de quoi bouffer pendant une bonne quinzaine, lança-t-elle.

- Tu crois qu'ils vont revenir ? M'informai-je.

- Oh, sans doute ! Pourquoi ?

- C'est à cause d'Elena.

- Elena ? Elle a quelque chose à craindre Elena ?

- Elle est juive et s'ils se mettent à l'interroger, elle va pleurer et tomber dans les paumes ... c'est sûr.

- Une juive ici ! On va tous y passer, rétorqua-t-elle, la voix et le regard apeurés ».

- Je me mis à appréhender soudain le sort que ces boches réserveraient à Elena si Gisèle et Anne-Marie en venaient à la dénoncer pour sauver leur vie ; car je m'étais attachée à elle. J'envisageais de l'aider à quitter cet endroit et à vivre avec elle dans la clandestinité. Or combien de temps pourrions-nous échapper aux fins limiers de la Gestapo ? Une perspective qui me perturbait énormément.

- Informée manifestement par sa fille du danger de la présence d'une juive au sein de sa ferme, Anne-Marie vint me chercher et m'amena retrouver Elena.

« *Alors, tu es juive … vraiment juive ? Interrogea-t-elle* ».

- Si la jeune russe avait fait des progrès en français, elle ne saisissait pas bien la subtilité de certaines expressions du langage courant.
- Comme je me débrouillais dans sa langue, grâce à Irena et Martyna, je lui traduisis ce que la patronne cherchait à lui dire par « vraiment juive ».

« *Moi pas pratiquer religion, rétorqua-t-elle dans un français approximatif et avec un adorable accent.*
- *Ah, voilà une bonne chose ! Ça te serait égal, alors, de changer de religion, dit Anne-Marie* ».

- Je fis à nouveau la traduction de la remarque de cette dernière et Elena répliqua :

« *Moi compris. Moi juive naissance. Pas pouvoir changer religion. Mère morte et mère seule changer ma religion.*
- *Quel pataquès ! Je crains qu'on arrive pas à s'entendre et que tu files tout droit dans un camp nazi ma pauvre, s'énerva Anne-Marie.*

- Laissez-moi parler avec elle. C'est une fille intelligente et elle comprendra le risque qu'elle court, argumentai-je afin de calmer l'animosité de notre hôtesse.

- OK ! Mais il vaut mieux qu'elle comprenne ; parce que je vais pas envoyer ma fille dans un camp ou devant un peloton d'exécution, et moi avec, pour une juive bornée ».

- Nous marchions à présent sur un fil et le pire pouvait arriver à tout instant. Anne-Marie était tant montée contre Elena qu'elle risquait de la troquer contre sa tranquillité.

« Comment mon neveu, un gendarme en plus, a-t-il pu m'amener une juive ? Tu l'es pas toi au moins ? Tempêta-t-elle en aparté.

- Concernant votre neveu, il ne savait pas. C'est un bon garçon. Quant à moi, je suis catholique et pratiquante.

- Ouf, un problème de moins à régler ».

- J'eus ensuite une conversation avec Elena en langue russe. C'était une jeune fille brune aux cheveux longs et avec un visage plutôt allongé que de jolies yeux marrons zébrés de jaune éclairaient. Je lui expliquai que les Allemands allaient finir par se rendre compte de notre présence dans la ferme et chercher à savoir qui nous étions.

« En remontant vers les camps où tu as été, ils apprendront sûrement que tu es juive et ils t'enverront dans un de leurs camps de concentration ou ils te feront connaître l'enfer. Ils haïssent les juifs qu'ils torturent durement. Ils finiront par te fusiller sans doute ».

- La peur dans son regard et les larmes perlant soudain sur ses joues me bouleversèrent. Tout en lui prenant les mains, j'ajoutai :

« Changer de religion n'est pas si grave. C'est un habillage finalement. Tu resteras à jamais une juive dans ton cœur.

- Parle-moi ta religion avant. Comme ça, je vois si possible pour moi, répondit-elle en français.
- D'accord ».

- Par bonheur, Anne-Marie possédait une Bible. Ainsi je pus lui lire quelques passages de l'Évangile selon Saint Jean, celui qui avait ma préférence. Elle se montra très intéressée et très touchée par l'amour de Jésus. Le traitement injuste qui fut le sien et sa crucifixion la peinèrent aussi fortement. Elle me confia en russe :

« Il était juif et saint et les juifs l'ont rejeté et fait exécuter. C'est insensé.
- Cela devait avoir lieu. C'était écrit et il le savait. C'était pour sauver l'humanité.
- Bon, je suis d'accord pour changer de religion.
- Va le dire toi-même à Anne-Marie. Elle fera le nécessaire pour cette conversion ».

- Évidemment, notre hôtesse fut heureuse de cette bonne nouvelle. Elle conduisit Elena auprès du curé de Verfeil pour qu'il la baptisât en urgence. Je les avais accompagnées pour être certaine que ma protégée comprendrait parfaitement le propos du curé de la paroisse. Quand elle déclara :

« J'aime déjà beaucoup le Jésus-Christ ».

- L'ecclésiastique eut un sourire de satisfaction. Le lendemain, elle reçut le baptême, la tête recouverte d'un foulard blanc prêté par Anne-Marie. Cette dernière paraissait en outre profondément heureuse de cette conversion.

« Merci doux Jésus ! Tu l'attendais visiblement », lui murmurai-je ».

- Par la suite, elle voulut apprendre à lire le français et pouvoir ainsi méditer la Parole du Seigneur Jésus-Christ. Le soir, après le travail, je lui donnais des cours de lecture en m'appuyant sur le Nouveau Testament. Elle me demanda aussi de l'aider à écrire la belle langue de Molière. D'une grande intelligence, elle fit rapidement d'énormes progrès ; si bien que je ne lui parlais plus en russe. Comme elle s'exprimait très correctement en français désormais, Anne-Marie et Gisèle la considérèrent différemment. Je fus heureuse de ce beau changement d'ambiance. Lorsque les Allemands revinrent, notre hôtesse nous fit passer pour des parentes éloignées venues l'aider aux travaux de la ferme. Heureusement, l'officier était un militaire et non un « SS ». Par conséquent, il ne chercha pas à savoir qui nous étions et ce que nous faisions là. Il n'avait à l'esprit que de repartir avec quelques excellents produits de la ferme.

Aude laissait sa grand-mère suivre le fil de ses souvenirs tout en prenant des notes dans son grand cahier.

- Jusqu'à la fin de cette maudite guerre et la libération de la France, j'eus la chance de vivre une existence tranquille en compagnie de bonnes personnes. Au fil de ces trois années, nous avions formé une famille ce dont je remerciais Dieu dans chacune de mes prières quotidiennes.

- Ta rencontre avec Irena avait été une aubaine finalement, dit Aude.

- Oui, en effet. Sans elle, j'aurais croupi dans le camp de Brens jusqu'à la fin de la guerre ou je n'aurais pas survécu peut-être.

- Par chance, cette fin dramatique n'a pas eu lieu. Bien, nous en étions au moment de la Libération.

- Tout à fait. Ce fut l'heure d'une grande décision, à savoir celle concernant le chemin de vie qu'Elena et moi-même allions devoir prendre. L'angoisse étreignait alors mon cœur. Anne-Marie nous réunit dans la grande pièce servant, à la fois, de cuisine et de salle-à-manger. Elle arborait un visage grave comme si elle s'apprêtait à nous annoncer le décès d'un proche.

« *Mes filles, vous êtes libres maintenant d'aller où bon vous semble.*

- Je vais vers la capitale pour y tenter ma chance, lança Gisèle de sa voix fluette.

- Je vais essayer de me construire une nouvelle vie dans la région. Je ne sais pas encore quel travail je vais pouvoir faire, déclarai-je.

- Viens avec moi à Paris ! S'exclama Gisèle sur un ton joyeux.

- Non, c'est une trop grande ville pour moi et je n'ai pas pour projet de faire de grandes choses. La couture me plaît. Alors, si l'occasion m'est donnée, je m'y remettrai bien.

- À Paris, tu pourrais te lancer dans la haute couture, insista Gisèle.

- La haute couture ? Je n'y pense même pas.

- C'est toi qui vois après tout.

- Et toi Elena, tu ne dis rien. Que prévois-tu de faire ? Questionna Anne-Marie.

- J'aimerais devenir religieuse.

- Religieuse ? Tu souhaites entrer dans un couvent donc, répondit Anne-Marie.

- Oui, c'est ça. Le curé de Verfeil pourra m'aider à trouver un couvent non ?

- Oui, bien sûr. On ira le voir ensemble. Mais réfléchis bien quand même.

- De toute façon, elle aura une période de réflexion avant de l'être véritablement, dis-je.

- Oui, ça s'appelle le noviciat, spécifia Anne-Marie ».

- Il me vint à la pensée que le Seigneur Jésus-Christ avait tiré l'âme de cette jeune femme vers son destin. J'en étais très heureuse pour elle, vu qu'elle paraissait sereine. Car une jolie lumière brillait au fond de ses yeux marrons zébrés de jaune.

- C'est formidable de se trouver poussé vers sa vocation, intervint Aude.

- À ce stade de ma vie, je me sentais perdue quant à moi. Ainsi, trois jours plus tard, je quittai ces personnes avec qui j'avais partagé des heures agréables. Anne-Marie me serra dans ses bras, les joues inondées de larmes. Gisèle et Elena firent de même, le visage également très triste. De façon à écourter ce moment difficile, je grimpai lestement sur le chariot de Fernand ... un ami d'Anne-Marie qui s'était proposé de me conduire à Verfeil où je trouverai, m'avait-il dit, un autobus pour Toulouse.

- Tu as l'air fatiguée, mamie, lança Aude. Il est tard, vois-tu. Je n'ai pas voulu interrompre cette longue narration et tellement passionnante.

- Oui, c'est vrai. Il est temps d'aller dormir, mon enfant. Mais après le ressouvenir de tous ces événements, je ne vais pas réussir à m'endormir de sitôt.

Chapitre 7

Deux jours plus tard, Aude arriva vers midi chez Lorenza qui fut surprise de sa venue à pareille heure.

- Tu ne travailles pas aujourd'hui ? S'informa-t-elle.
- La responsable, que j'ai embauchée dernièrement, me relaye au niveau de la gestion de ma petite entreprise.
- Les affaires marchent toujours bien ?
- Je ne me plains pas. J'ai ajouté deux marques de pull-overs haut de gamme qui se vendent plutôt bien. Je prospecte en ce moment les agences immobilières en prévision d'une location d'un plus grand local. Cela me permettra de vendre une gamme plus large de prêt-à-porter.
- Ensemble, nous aurions eu une affaire très prospère dans la couture.
- Tu as bien réussi, puisque j'ai eu le privilège de prendre ta suite.
- Cela aurait pu être beaucoup mieux si j'avais eu les bonnes personnes à mon côté. Était-ce mon destin d'être ma propre patronne ? Finalement, la couture était en réalité ce qui me motivait.

Aude aimait la nature très philosophe de sa tendre mamie.

- Je te trouve injuste avec toi-même, mamie. Tu as été au contraire une femme pugnace et très avisée.
- Tu es gentille, ma fille.
- J'ai acheté chez le traiteur ces plats que tu aimes bien. Comme ça, nous pourrons déjeuner tranquillement pendant que tu continueras le récit de ta vie.
- Tu crois qu'elle va intéresser un éditeur ? En général, les gens aiment lire la vie des célébrités et je n'en suis pas une.

- Ton parcours, depuis ton arrivée en France, ne laissera pas les femmes, surtout, indifférentes.

- Je suis d'accord qu'il faut faire entendre comment les réfugiés espagnols ont été traités dans des camps français. Quant à ma petite existence, elle est banale et celle de nombre de femmes contraintes de gagner leur pain et, accessoirement, de réaliser leur destin.

- C'est une histoire vraie et ce genre d'histoire captive plus de gens que tu ne penses.

- Si tu le dis. Allons-y alors, mon enfant.

- Tout d'abord, as-tu revu Anne-Marie, Gisèle et Elena ?

- J'ai revu Anne-Marie deux fois et j'ai su, par elle, qu'Elena était religieuse missionnaire en Afrique. Cela m'a énormément émue de savoir que sa rencontre avec le Christ l'a menée vers sa vraie vie.

- Et concernant Gisèle ?

- Par sa mère, j'ai appris qu'elle a chanté dans des cabarets parisiens, puis qu'un cancer l'a emportée malheureusement dans sa quarante-cinquième année. Pauvre Gisèle qui rêvait de renommée en tant que chanteuse d'opéra !

- Eh oui ! C'est le destin comme tu dis. Par contre, tu n'as jamais revu Irena ou Martyna.

- Non, jamais. J'ai pensé souvent à elle et prié pour leur bonheur. L'ont-elles trouvé avec leurs chers gendarmes ?

- Et pour toi, que s'est-il passé à Toulouse ?

- Ah, voici un nouvel épisode de ma vie et de ce livre donc !

- Tu avais quel âge à ce moment-là ?

- Dix-sept ans. Je n'étais plus une adolescente, quoique je ne savais pas encore me débrouiller toute seule. Je me sentais orpheline, vu que je n'avais plus aucune attache. Anne-Marie m'aurait gardé plus longtemps chez elle si je l'avais souhaité. Or je ne me voyais pas finir mes jours dans une ferme ou avec un agriculteur.

- Tes parents étaient agriculteurs pourtant et tu as passé ton enfance dans un petit village.

- C'est exact. Cependant, je serais allée vivre ailleurs s'il n'y avait pas eu ce satané franquisme, cette sale guerre et, enfin, cette drôle d'idée de mes parents de partir loin de nos racines. Paix à leur âme. Ils m'ont tant manqué.

Lorenza essuya les deux petites larmes perlant sur ses joues. Beaucoup de temps étant passé désormais, les souvenirs s'entremêlaient dans sa mémoire. Pourtant, elle les évoquait avec clarté et précision.

- Tu ne connaissais personne à Toulouse. De plus, tu n'avais jamais vécu dans une aussi grande ville.

- Certes ! Mais mon intuition me murmurait que Carmen, la sœur de mon père, était encore vivante. L'idée me vint d'aller dans un commissariat de police pour essayer de la retrouver. Alors que je me renseignais auprès des passants, j'eus la chance de tomber sur une femme, très bien mise, qui me fit la remarque suivante :

« Vous n'avez pas l'air d'ici, vous. Vous venez d'où ? ».

- Ayant gardé un petit accent du sud de l'Espagne, je passais évidemment pour une personne de passage.

« D'Andalousie. Je suis une réfugiée andalouse, rétorquai-je.
- C'est bien tout en bas de l'Espagne, ça, l'Andalousie, lança-t-elle.
- Oui, mais ...
- Venez ! On va manger un bout. Vous avez la mine défaite, coupa-t-elle.
- Non, merci. C'est bien aimable à vous. Je cherche juste ...
Elle m'interrompit à nouveau :
- Allons, laissez-moi vous requinquer un peu ».

- Sans attendre ma réponse, elle passa son bras sous le mien et m'amena de force vers une brasserie. Dans mes nippes, je me sentais gênée ; car elle avait l'air d'une personne de bonne famille, bien maquillée, sentant le parfum chic et vêtue d'habits de marque. Je pus néanmoins me restaurer à l'aide de mets que je n'avais jamais eu l'opportunité de consommer.

« La cuisine française est très bonne, dis-je.
- Raconte-moi ta vie, Lorenza. J'ai le sentiment que ça n'a pas dû être rose pour toi jusqu'à présent.
- On peut dire ça ».

- Ainsi je lui racontai mon départ pour la Catalogne espagnole avec ma mère, mon arrivée en France en tant que réfugiée, les conditions horribles dans lesquelles nous vivions, ma chance d'avoir rencontré une bonne âme en la personne d'Irena, puis ma fuite grâce à des gendarmes.

« Mon Dieu, quelle horreur ! J'ai honte pour mon pays, ma chérie.
C'était ce maudit gouvernement de Vichy, des fascistes qui ont été heureusement punis. Dis-toi bien que ce n'était pas la vraie France ».

- Par ces paroles, elle me réconciliait, d'une certaine façon, avec cette France qui m'avait si mal accueillie, voire condamnée au feu de l'enfer. Mes lectures sur l'histoire de ce pays, plus tard, m'ont instruite sur la xénophobie et l'antisémitisme de ses habitants. La religion catholique avait en outre fortement influencé cette dérive.
- N'es-tu pas catholique toi-même ? Questionna Aude.
- Ma foi est fondamentalement tournée vers le Père et le Christ qui ne peuvent approuver, selon moi, cette Église si égoïste et corrompue.
- J'adhère tout à fait à ton point de vue, mamie.
- Où en étions-nous déjà ? Ah oui, à mon repas avec Hermine … une femme qu'un ange semblait avoir placé sur ma

route. Après m'avoir nourrie, ce dont j'avais tant besoin, elle me proposa d'habiter quelque temps chez elle, et ce, jusqu'à ce que je me misse en quête d'un emploi. Elle disait pouvoir m'aider dans ce sens. Ayant accepté sa proposition, je me retrouvais finalement à faire le ménage dans l'appartement luxueux qu'elle possédait avec son compagnon en plein cœur de la ville. Partant, je gagnais mon pain et ma nourriture. Un matin, j'osai lui adresser la demande suivante :

« *Vous qui avez des relations, pourriez-vous m'aider à retrouver ma tante, la sœur de mon père, qui a été, pareillement à moi, une réfugiée espagnole en France. Mon petit doigt me souffle qu'elle est vivante.*
- Je comprends. Je vais m'occuper de ça, mon petit ».

- Elle tint parole et j'eus ensuite un petit entretien avec un officier de police, lequel chercha à savoir :

« *Où avez-vous vu votre tante pour la dernière fois ?*
- Je ne me souviens plus très bien. Je devais avoir une dizaine d'années environ.
- Comment savez-vous alors qu'elle a émigré vers la France ?
- Une amie proche de Carmen, c'est le prénom de ma tante, qui avait passé du temps avec elle dans le maquis, en informa ma mère qui me le répéta.
- Quel maquis ?
- Je ne sais pas.
- Cette personne a-t-elle dit si votre tante a survécu ? Les maquis étaient souvent repérés par les Allemands qui en ont éliminés un grand nombre.
- Ah bon ? Alors elle serait morte d'après vous ?
- Peut-être pas, mais ... ».

- Je lui fis part de ce que Carla, cette amie de Carmen, avait rapporté à maman au camp de Rieucros.

« Bien. On doit alors pouvoir consulter les registres de Buchenwald et d'Auschwitz. Le nom de votre tante, je vous prie ?
- Borreda … Carmen Borreda ».

- L'inspecteur nota ce nom et repartit. J'étais inquiète à présent à l'idée d'apprendre que ma tante avait été tuée dans une chambre à gaz d'un de ces camps de concentration. Après la guerre, je sus le sort que les nazis réservaient, entre autres, aux juifs, aux tziganes, aux communistes et aux révolutionnaires.

- Ce policier a-t-il procédé à une véritable enquête sur Carmen ?

- Oui, car il est revenu, trois mois après ce petit interrogatoire, avec une demi-feuille de papier où était écrit l'adresse du lieu de résidence de ma tante. Il m'expliqua que son nom apparaissait effectivement sur le registre des déportés du camp de concentration de Buchenwald. Par l'intermédiaire d'un général de la gendarmerie, un ami de l'époque de la Résistance, il avait fait circuler une note auprès de toutes les brigades de France et de Navarre. Rapidement, celle de Tarbes, dans les Hautes Pyrénées, avait informé le général De Remt que la dénommée Carmen Borreda habitait bien cette ville. Je le remerciai infiniment de m'avoir permis de retrouver ce seul parent qui me restait en ce monde.

« Vous êtes la protégée d'une femme qui a pris de grands risques pour la France. Aussi je ne pouvais lui refuser ce service ».

- En apprenant cet état de service d'Hermine, je fus évidemment très surprise. Celle-ci ne souhaita pas me narrer ses exploits de résistante. Elle déclara simplement :

« Je n'ai fait que mon devoir de patriote. Malheureusement, nombre de mes amis résistants ont été fusillés après d'horribles tortures. Quant à moi, j'ai eu la chance de passer à travers les mailles du filet ».

Cette personne, d'une sincère modestie, suscita mon admiration. Elle ne critiqua guère ma décision de me rapprocher de ma tante.

« Ma petite Lorenza, vous serez toujours la bienvenue ici. N'en doutez pas, dit-elle ».

- Je me séparais donc de cette femme, qui m'était apparue ensuite comme une gratification du Seigneur, pour me rendre à Tarbes. N'ayant pour survivre que mon dernier salaire, il me faudrait le gérer au mieux. De toute manière, je ne comptais pas me laisser vivre.

- J'imagine que ce départ pour Tarbes emplissait ton cœur d'une grande joie, lança Aude.

- J'étais à la fois heureuse et angoissée. Heureuse de revoir Carmen et angoissée de ne pas savoir dans quel état physique et moral je la trouverai.

- Oui, bien sûr. Sa déportation, pas si lointaine, dans un camp nazi avait dû la détruire physiquement.

- C'était bien là ma crainte.

- Nous sommes en quelle année à ce stade du récit ?

- En février 1947. Je me souviens bien avoir pris le train sous un froid glacial, même si mes années d'internement m'avaient acclimatée à une météo et des conditions draconiennes. Arrivée dans une ville drapée de blanc, comme à l'époque de Noël, je pris un taxi qui me mena à l'adresse notée sur le bout de papier par le policier. Devant le vieil immeuble aux murs sales, dont la peinture était dégradée par endroits, je demeurai un moment face à la porte d'entrée en bois, la valise à la main, en me demandant si mon apparition à brûle-pourpoint ne risquait pas de faire défaillir ma tante. Son nom et le numéro de l'étage étaient heureusement affichés sur une des boîtes aux lettres. Je montai enfin les cinq étages et frappai dans l'élan trois coups secs à la porte de son appartement. Quelques secondes plus tard, j'entendis :

« *Qui est là ?*
- *Lorenza !* ».

- Un long silence succéda à cette annonce de mon prénom.

« *C'est Lorenza, ta nièce ! répétai-je* ».

- La porte s'ouvrit brusquement sur le visage défait de Carmen qui se mit à pleurer à chaudes larmes. Son émotion déclencha, chez moi aussi, une crise de pleurs. Nous nous jetâmes dans les bras l'une de l'autre en continuant de sangloter durant de longues minutes.

« *Lorenza, ma chérie. Entre, viens ! Dit-t-elle soudain en espagnol* ».

- Je lui répondis dans la langue de Dante que je n'avais plus parlée depuis la mort de ma chère maman.

« *Tatie Carmen, quel bonheur de te revoir enfin. Tu es ma seule famille maintenant.*
- *Oui, toi aussi, rétorqua-t-elle d'une voix cassée* ».

- Son regard, si semblable à celui de mon père, me renvoya à la triste réalité de sa disparition. De ne plus jamais le revoir me peinait grandement, mais je n'en vins pas à confier ce chagrin à ma tante.

« *Comment m'as-tu retrouvée ? S'enquit-elle* ».

- Je lui rapportai mon vécu jusqu'à la Libération de la France en 1945, puis ma rencontre insolite avec Hermine et, enfin, comment un officier de police accéda à la requête de cette dernière, eu égard à son statut de grande résistante. Nous continuâmes de converser dans notre langue maternelle.

« La main de Dieu était sur ta tête pour que de telles grâces te soient arrivées … malgré les épreuves, argua-t-elle.

- Il me fallait les vivre ces épreuves … et Dieu seul sait pourquoi, rétorquai-je.

- Que comptes-tu faire maintenant comme travail ?

- J'aimerais me lancer dans la couture.

- C'est-à-dire ?

- En créant un atelier.

- Il faut de l'argent pour faire face aux charges de loyer, à l'achat du matériel nécessaire et pour te verser un petit salaire aussi.

- Oui, j'ai pensé à tout ça naturellement.

- Malheureusement, je n'en ai pas à te prêter.

- Ne t'inquiète pas, tatie. Je trouverai le moyen d'arriver à ce que j'ai en tête. Et toi, tu t'en sors bien ?

- Je fais des ménages. Mais j'ai rencontré quelqu'un, un catalan espagnol, qui voudrait m'épouser. Nous irons ensuite nous installer à Toulouse où il compte trouver un emploi dans le bâtiment. Il a de grands projets cet homme.

- C'est merveilleux, tatie Carmen. Mon intention est de repartir à Toulouse.

- Super ! On pourra s'y voir et former une petite famille ».

- Voilà comment je me suis retrouvée enfin à Toulouse avec l'impression de n'être plus totalement une orpheline. J'aimais beaucoup cette tante au cœur bon, à l'instar de celui de mon pauvre papa.

Lorenza essuya les larmes perlant sur ses joues.

- J'ai longtemps souffert de n'avoir jamais pu faire le deuil de mon père. Il est mort pour une cause sans issue finalement. Alors que je demandais à ma tante si elle connaissait le lieu où les

Allemands l'avaient abattu, elle me répondit qu'il ne me servirait à rien de m'y rendre ; car son corps ne devait plus être qu'un squelette. Elle me proposa, par contre, d'acheter une place dans un cimetière de Toulouse et d'y faire installer une stèle où nous pourrions, elle et moi, nous recueillir régulièrement. Quoique cette idée de prier devant une tombe vide ne me réjouissait guère.

- Tu l'as fait ? Interrogea Aude.

- Oui, j'ai accepté. Et je projette la construction d'un caveau à Bubión en Espagne pour que toute la famille y soit regroupée.

- C'est une longue route, mamie, mais tout est possible avec les moyens de transport actuels.

- En effet, répondit-elle de façon laconique.

- Je m'occuperai de ça, mamie. Promis !

- Non, mon enfant. C'est mon projet ...

- Comment ton projet ? Avec le beau legs que tu m'as fait, j'estime que je te dois bien ça. Cependant, il n'est pas l'heure de penser à cette chose.

- Dieu a la prérogative de décider en la matière. Je me sens fatiguée depuis quelque temps. Est-ce l'annonce d'un prochain envol ? Confia-t-elle, le regard pensif.

- Ce que tu viens de dire m'attriste beaucoup. Fais ton possible pour rester le plus longtemps possible avec moi. Je t'aime tant.

- Moi aussi, ma chérie, je t'aime de tout mon cœur.

Aude vint serrer dans ses bras le buste de Lorenza en l'embrassant tendrement sur la joue. Elle annonça :

- Il me faut m'en aller à présent. Je reviendrai après-demain. J'ai hâte d'en savoir plus sur ta vie.

Après le départ de sa petite-fille, Lorenza réfléchit longuement à tout ce qu'elle avait vécu depuis son émigration dans le sud de la France avec sa mère. La mort de celle-ci dans un camp, d'une façon injuste et indigne, était encore une torture mentale pour elle. Sans un grand travail intérieur, elle n'en serait point arrivée à pardonner cette xénophobie à ce pays déclaré comme celui des droits de l'homme. Cela tendait à démontrer que ces droits ne riment pas toujours avec le respect de l'humain. La concernant, elle devait son aptitude à pardonner au penchant de son âme pour la charité, la bienveillance … l'Amour du prochain en définitive.

Chapitre 8

Aude revint deux jours plus tard en début de soirée. Devenu un rituel désormais, elle prépara un repas qu'elles prirent tout en conversant à bâtons rompus. Puis elle ouvrit l'application dédiée à l'enregistrement de conversations sur son smartphone ainsi que son grand cahier pour les notes personnelles.

- Mamie, aimerais-tu commenter cette période difficile que tu as vécue entre ton entrée en France et ta fuite de Rieucros ?

- C'est justement à ça que je pensais avant-hier après ton départ. Je réfléchissais aux affres du rejet de l'étranger ou d'une race et, en final, aux dégâts humains provoqués par la haine. Vois toutes ces guerres fratricides auxquelles l'être humain s'est de tout temps adonné ! Elles ne sont pas prêtes de cesser selon moi. L'homme a-t-il appris de ces cruautés ? Je pense que la prochaine grande guerre sera catastrophique, vu la sophistication permanente de l'armement. Si les gens lisaient ou relisaient l'Apocalypse de Jean et, surtout, s'ils la comprenaient, ils réaliseraient ce qu'il se passera un jour dans ce monde. Nul ne sait quand naturellement.

- Tu as de grandes idées, mamie. Tu aurais dû faire de la politique et écrire aussi.

- Cela ne m'est jamais venu à la pensée. Si j'avais tenu de papa, je me serais sûrement lancé. Pour sa part, il aurait fait un grand homme politique s'il avait survécu à cette maudite guerre.

L'ombre de la tristesse recouvrant soudain l'iris clair de Lorenza contrista Aude dont le regard couleur noisette se para d'un voile humide. Elle réamorça la narration par la question suivante :

- Puisque ta tante ne pouvait pas t'aider à concrétiser ton rêve, par quel biais y es-tu parvenue ?

- Oh, mon enfant ! Bien des choses ont eu lieu avant ça. Car je n'avais en 1947 que dix-neuf ans et je n'étais point encore une couturière confirmée.

- Qu'as-tu fait alors ?

- À mon retour à Toulouse, j'ai vécu dans un petit hôtel de la rue des Changes en plein centre-ville où je déjeunais d'un bol de café et de deux tartines de pain beurrées … mon seul repas de la journée. Me sentant dépérir, je pris la décision d'aller sonner à la porte d'Hermine qui fut, à la fois, étonnée et heureuse de me revoir. Elle voulut savoir si j'avais retrouvé ma tante et je lui racontai donc brièvement la manière dont cela avait eu lieu. Puis je requis son aide pour un emploi, vu qu'elle ne manquait guère de relations dans cette ville ; ce qu'elle ne refusa pas de faire. Elle me logea même en attendant. C'était vraiment une bonne personne pour qui j'avais beaucoup d'affection. Finalement, elle me trouva une place de garde d'enfants que j'acceptai ; même si je n'étais pas certaine de réussir dans ce genre de travail. Je craignais, en effet, d'avoir à garder des garnements rétifs à mon autorité. La personne qui offrait cet emploi était une femme très aisée habitant un appartement cossu du vieux Toulouse et mariée à un riche industriel du textile. Aussitôt après mon embauche, je me retrouvai à garder aussi la demeure, mes employeurs étant absents la plupart du temps. Je m'étonnais d'ailleurs de la spontanéité de leur confiance envers moi. Certes, la sœur de ma patronne venait régulièrement vérifier que tout allait bien. Concernant les deux enfants, un garçon de six ans et une fille de trois ans, ils n'étaient pas d'un caractère difficile ; bien qu'ils souffraient manifestement de l'absence de leurs parents. Comme je faisais preuve de compréhension et que je m'efforçais de leur prodiguer le plus possible d'amour, ils m'acceptèrent d'emblée. Ainsi je bénéficiais d'une certaine tranquillité qui me permettait de commencer à me consacrer à mon idéal. Ayant acheté des tissus dans un magasin de la ville, il me vint à l'idée de fabriquer des habits pour Charles et Jeanne qui devinrent, de fait, mes premiers modèles. Au début, il me fallut défaire mon ouvrage et recommencer les vêtements avec beaucoup d'abnégation ; ce qui n'avait pas lieu évidemment sans de terribles crises de découragement. Petite fille adorable, Jeanne tentait de m'aider ; or elle ne parvenait qu'à m'empêcher de coudre. Aussi lui donnais-je des bouts de tissu avec lesquels elle jouait à la couturière. Était-ce un intérêt déjà pour la haute couture ? Je ne l'ai jamais su. Parallèlement, je profitais de la bibliothèque très fournie de mes employeurs pour lire toutes sortes de livres de grands auteurs et, par là, acquérir cette instruction que la guerre m'avait interdite.

- Voici pourquoi tu es si philosophe et érudite, intervint Aude.

- Merci pour cet éloge qui m'apparaît exagéré. Cependant, j'ai eu ensuite un goût permanent pour la lecture.

- Combien de temps es-tu restée chez ces gens et quel était leur nom de famille ?

- Hulman. Denise et Benjamin Hulman.

- Ils étaient juifs non.

- Lui, mais pas elle. Il en avait le faciès d'ailleurs. Je suis restée trois années dans cet emploi … jusqu'à ce que je me sente capable de prendre mon envol. M'ayant surprise en train de coudre, ma patronne loua mon talent. Elle fit donc venir une couturière de profession, une dame d'une quarantaine d'années, qui me transmit ses petits secrets aptes à me permettre de le devenir moi aussi. Denise avait un port hautain, mais un bon fond finalement.

- À l'évidence, un ange veillait sur toi mamie. Tes rencontres, depuis ton arrivée en France le prouvent … en dépit du malheur qui t'a durement frappée.

- Mon âme devait assurément faire ces expériences douloureuses. Dieu est bien le seul à connaître notre destinée, n'est-ce pas.

- Je suis d'accord.

- Bien, je continue mon histoire. Le jour vint où j'annonçai à Denise mon intention de créer ma propre petite affaire et, là, je la vis se raidir et me dissuader de mener à terme ce projet.

« *Il faut des moyens pour ça. Sans quoi, tu vas mettre la clé sous la porte en moins de six mois, affirma-t-elle* ».

- Un tel propos défaitiste eut pour effet de me décourager. Pendant les mois qui suivirent, je m'efforçai de trouver de l'intérêt dans mon petit emploi de garde d'enfants. Certes, Charles et Jeanne étaient adorables avec moi. Malgré mon affection pour eux, j'aspirais à me réaliser autrement que par ce travail basique. Prenant mon courage à deux mains, je reparlai de mon projet à ma patronne qui lâcha finalement :

« *Charles et Jeanne te sont très attachés. Tu leur ferais beaucoup de mal en les abandonnant. Et puis, qui vais-je trouver pour te remplacer ? Moi aussi, je me suis prise d'affection pour toi, Lorenza. Nous formons une famille désormais, non !* ».

- Cette déclaration me toucha tellement que je ne sus que répondre. Je me rendis compte ensuite de l'égoïsme de cette femme et qu'elle se contrefichait de mon bonheur finalement. Rien ne l'intéressait plus que celui de sa chère progéniture et que la continuation de sa vie bien ordonnée. Aussi un vent de révolte se mit à souffler au fond de moi et à me pousser à prendre la décision de quitter cet emploi. J'étais prête à affronter de nouveau l'épreuve d'une sordide chambre de bonne.
- Pourquoi t'avait-elle présentée à une couturière ?
- Je ne sais. Peut-être avait-elle cherché à me montrer sa bonté sans penser que j'irai jusqu'à en faire mon métier.
- De mon point de vue, cette madame Hulman était une prétentieuse qui pensait qu'une petite immigrée espagnole n'avait pas le droit de s'élever socialement, argua Aude.

- Les arrivistes français méprisaient effectivement les petites gens dont nous faisions partie, nous, les réfugiés espagnols. Cette personne jugeait sans doute qu'elle m'accordait une belle grâce en me permettant d'avoir un toit, le couvert et un petit salaire. Ceci dit, je m'interdisais d'entretenir un état d'esprit négatif et, partant, de me pourrir la vie. Par conséquent, je fis ma valise un matin et je la quittai avec le sourire sans lui livrer le fond de ma pensée. Elle me maudit alors par ces mots :

« *Je ne te souhaite pas bonne chance, Lorenza. Tu avais du pain blanc ici et tu vas connaître à nouveau le goût désagréable du pain noir, ma pauvre écervelée* ».

- J'eus pitié de sa méchanceté. Je préférai cependant concentrer mon énergie aux nécessités aptes à concourir à ma survie.

- Ma pauvre mamie, tu t'es retrouvée derechef dans le besoin.

- Je pris sur moi pour oser revenir vers Hermine et requérir son aide. J'appréhendais ce moment, pensant qu'elle allait condamner mon ingratitude. Ne m'avait-elle pas trouvé un emploi à la hauteur de ma compétence ? Or je m'étais mis en tête un projet irréaliste et insensé. Quand elle me vit à la porte de son appartement, la mine défaite, elle fit preuve d'une belle compassion. Tout en m'offrant une collation, elle s'enquit :

« *Qu'y a-t-il Lorenza ? Aurais-tu perdu ton emploi ?*
- *Je l'ai quittée, Hermine.*
- *Quitté ? Mais pourquoi donc ? Cela n'allait plus entre Denise Hulman et toi ?*
- *Ce n'est pas exactement ça. Je suis partie pour réaliser enfin un projet qui me tient à cœur.*
- *Un projet ? Lequel ?*
- *Celui de créer mon propre atelier de couture.*
- *Mais tu n'as aucune expérience en la matière que je sache.*

- *J'ai commencé à apprendre la couture dans le camp de Rieucros et je me suis entraînée en réalisant de petits vêtements pour les enfants de Denise. Estimant que j'avais du talent, celle-ci m'a fait rencontrer une couturière qui m'a formée aux rudiments de différentes techniques. Je me sens prête maintenant à voler de mes propres ailes. Lorsque je lui ai fait part de mon intention de monter mon atelier de couture, elle m'en a dissuadée avec des paroles offensantes. Néanmoins, je ne lui en tiens pas grief. Je veux croire qu'elle s'est laissée dominer par la contrariété.*

- *Bon, je vois. Et comment comptes-tu t'y prendre pour concrétiser ton projet ?*

- *Si vous ne m'aidez pas, Hermine, j'échouerai à coup sûr* ».

- Elle posa sur mon visage son regard clair. J'eus alors le sentiment qu'elle cherchait les mots en mesure de ne pas trop me blesser.

« *Écoute, je suis cliente chez deux couturières. Je vais sonder le terrain et voir si l'une d'elles accepterait de te prendre à l'essai. Il faut que je puisse être sûre que tu as la capacité de voler vraiment de tes propres ailes comme tu dis. Un atelier nécessite de trouver des clientes, mais pour ça je peux t'aider … et pour la finance aussi.*

- *C'est très aimable à vous, Hermine. Le Seigneur Jésus m'a bénie ce jour où vous êtes venue vers moi.*

- *En effet, je l'ai fait impulsivement. Dieu est un merveilleux magicien, n'est-ce pas !* ».

- La foi d'Hermine, que je ne découvrais pas toutefois, me confirmait que tout ce qui m'arrivait n'était pas fortuit. Elle me casa chez une couturière qui habitait non loin de chez elle, laquelle m'octroya un petit salaire en déclarant :

« *Je ne pouvais pas refuser ce service à Hermine. Nous verrons de quoi vous êtes capable* ».

- Par respect pour ma bienfaitrice, je me devais de tout faire pour satisfaire mon nouvel employeur. Hermine m'ayant offert le gîte et le couvert, je ne me trouvais plus dans le besoin.

- Encore une confirmation de ta bonne étoile, intervint Aude.

- Oui, Dieu ne m'a jamais abandonnée et, pourtant, je ne me suis pas évertuée à le contenter. Visiblement, ma foi en Lui a suffi … une foi incorruptible néanmoins.

- Qu'est-il arrivé ensuite dans ce nouvel emploi ? Car tu avais plutôt la bougeotte non ?

Toutes deux rirent de concert.

- Quand j'ai une idée en tête, nul ne peut me l'ôter.

- Ça, je le sais fort bien mamie.

- Donc, cette madame Brot, que j'appelais Marcelle, s'aperçut très vite que j'avais un vrai don pour la couture. Partant, elle accepta plus de travail et me confia la fabrication de chemisiers, de robes et de tailleurs. Elle contrôlait évidemment tous les habits avant l'essayage final. Elle augmenta aussi mon salaire, ce qui me permit de louer un studio et d'être enfin indépendante. Je rendais régulièrement visite à Hermine jusqu'au jour où elle m'informa qu'un cancer la menait lentement, mais sûrement, vers la tombe. Cette nouvelle m'affecta beaucoup, vu que je la considérais dorénavant comme une proche. Je revis également ma tante Carmen, puisqu'elle venait de s'installer à Toulouse avec Pedro, son mari. La proximité de la sœur de mon père me donnait l'impression d'avoir encore une famille en ce bas monde. Trois mois après m'avoir annoncé sa maladie, Hermine décéda. La grande tristesse, qui envahit alors mon cœur, dura un bon moment. Le jour des obsèques, son mari Benjamin – que j'avais peu vu jusque-là – s'approcha de moi et dit :

« Lorenza, ma chère et très regrettée Hermine m'a fait promettre de vous donner cette enveloppe ».

- Puis il retourna vers les siens. Quand j'ouvris l'enveloppe, je vis qu'elle contenait une somme rondelette et en mesure de m'aider à démarrer ma petite activité. J'en informais Marcelle qui regretta mon départ tout en lançant :

« Je t'enverrai des clientes, Lorenza. Après tout, c'est normal que t'aies envie d'être autre chose qu'une employée. Tu le mérites ».

- Ces paroles encourageantes me mirent du baume au cœur. J'appréciais que la jalousie, voire la mesquinerie, ne vînt pas recouvrir de son ombre mon nouveau chemin de vie.

Aude appréciait les tournures littéraires de sa grand-mère. Elle s'abstenait néanmoins de trop l'encenser pour ne pas égratigner sa sempiternelle humilité. *« Mère Providence a sans cesse veillé sur elle »*, pensa-t-elle.

- Pardon, mamie, j'ai perdu le fil. Tu peux répéter, je te prie ?
- Ah, j'ai bien senti que tu étais ailleurs ma fille.
- Je disais que ma tante et son mari m'invitaient à déjeuner tous les dimanches et que je passais ensuite l'après-midi avec eux. Derrière son regard ténébreux, Pedro cachait une nature austère. Or Carmen paraissait heureuse et cela seulement m'importait. C'est à l'occasion de ces repas dominicaux que je fis la connaissance de Juan, un cousin de Pedro. Je compris, ce jour-là, que Carmen cherchait à me tirer de mon célibat.

« Il est temps pour toi de fonder un foyer, Lorenza, me confia-t-elle dans la cuisine ».

- Par une réponse banale, je ne lui livrai pas le fond de ma pensée. Car ce Juan n'était guère mon type d'homme. Malgré cela, je fis bonne figure ; quoique les regards insistants de cet homme sur ma modeste personne me gênaient fortement. Un dimanche,

il tint à me raccompagner chez moi avec sa moto flambant neuve.
Arrivés à bon port, il me déclara :

« Ça vous dirait qu'on se revoit ? ».

- D'un naturel réservé, je m'abstins de lui avouer que mon
cœur n'en pincerait jamais pour lui.

« Oui, si vous voulez.
- Demain soir ?
- D'accord … demain soir à sept heures ».

- Il m'embrassa sur la joue et se sauva, heureux sans doute
de m'avoir à moitié conquise. Fidèle à ma parole, je fus au rendez-
vous le lendemain. Il m'invita à dîner dans un bon restaurant où
il me fit carrément une déclaration d'amour.

« Depuis dimanche, je n'arrête pas de penser à vous. J'aimerais
qu'on se fiance et qu'on se marie. Ça vous plairait ?
- Je ne suis pas une femme pour vous. Vous méritez mieux, je pense.
- Ah mais, vous êtes très séduisante. Je vous aime déjà, vous voyez
pas.
- Pas moi. Et puis, je suis en plein démarrage d'un travail et je me
consacre à ça en priorité.
- On peut travailler et avoir un foyer. Je travaille également et une
foule de gars et de filles travaillent et sont mariés.
- Personnellement, mon travail m'occupe à plein temps. Il n'y a pas
de place pour autre chose ».

- Le repas se termina dans une ambiance plutôt
maussade. Au moment de nous séparer, je luis tendis la main qu'il
serra sans mot dire. Il se résolvait à mon refus d'une relation
amoureuse et, donc, de devenir sa femme. J'étais contente de
n'avoir pas eu affaire à un balourd finalement. En mon for

intérieur, je lui souhaitais de rencontrer celle qui saurait le rendre pleinement heureux.

« Notre âme reconnaît au premier regard celui ou celle qui lui est destiné(e) », pensai-je.

- C'est ce que l'on appelle le coup de foudre, intervint Aude.
- Par contre, ma façon de repousser Juan contraria Carmen et Pedro. Lui surtout, vu que son cousin lui avait rapporté mes paroles au restaurant.

« Qu'a-t-il dit exactement ? Leur demandai-je.
- Que tu n'es qu'une petite prétentieuse et, à son avis, frigide ».

- Très choquée, je les quittai promptement ce dimanche-là. Nos rapports se tendirent ensuite ; si bien que je ne reparus plus chez eux pendant des mois.
- Tu aimais ta tante pourtant et elle t'aimait beaucoup aussi, fit remarquer Aude.
- Certes, de ne plus la voir m'attristait. Or elle était sous la coupe de Pedro et je ne me voyais pas faisant bonne figure après ce que j'avais entendu. De toute manière, il me fallait me concentrer sur la création de mon atelier de couture. J'eus la chance de dégoter un petit local avec un loyer mensuel acceptable. Grâce à la bonté de la regrettée Hermine et des quelques économies réalisées durant ma période chez Marcelle Brot, je pus investir aussi dans le matériel nécessaire et procéder à la décoration de la vitrine ; car je comptais vendre de la mercerie parallèlement à la couture. Dès que tout fût fin prêt, je rendis visite à Marcelle qui me reçut avec sa mine joviale.

« Tu m'avais proposé de m'envoyer des clientes, alors ...

- Je tiens toujours mes promesses, coupa-t-elle. Tiens ! T'as bien fait de venir, d'ailleurs, parce que j'ai une personne à qui j'ai dû dire de revenir dans un mois. Je vais lui parler de ton savoir-faire et on verra.

- Tu penses qu'elle acceptera ?

- Ça, je suis pas voyante, ma chère. Elle a l'air d'une femme bien née. Mais j'en ai d'autres en vue. Ne t'inquiète pas, Lorenza ».

- Sa confiance calma mon angoisse.

- A-t-elle tenu son engagement ? Chercha à savoir Aude.

- Oui, tout à fait. Elle me procura du travail en continu. Le bouche à oreille fonctionna bien ensuite et je pus être totalement indépendante. Une fois l'affaire sur les rails, je rendis une petite visite à Benjamin, le mari de feue Hermine. Heureusement, il vivait toujours dans le même appartement. Ainsi, par son intermédiaire, je pris des accords avec des fournisseurs en mercerie. Il négocia pour moi également un délai de paiement. Quand il me fit des avances, je le remis en place ; car je n'avais nullement l'intention de devenir sa maîtresse. Dès lors, son soutien s'esclaffa.

- Quel âge avait-il ?

- La cinquantaine. Toutefois, je souhaitais n'offrir ma virginité qu'à l'élu de mon cœur.

- Et toi, tu avais quel âge ?

- Nous étions en 1949. J'avais donc 21 ans.

- Tu étais en âge d'épouser un homme.

- Oui, mais pas un homme qu'il me faudrait apprendre à aimer.

Aude admirait les belles valeurs de sa grand-mère. Sa foi en Dieu la prédisposait à suivre, de même, la voie d'un idéal.

- Je te propose d'arrêter là pour aujourd'hui, mamie.

- Oui, nous avons assez déblatéré, répondit Lorenza avec un sourire malicieux.

La vaisselle terminée, Aude prit congé de sa chère aïeule.

Chapitre 9

Aude revint le lendemain avec le fort désir de reprendre le cours de cette histoire. Si elle en connaissait les événements importants, elle en ignorait nombre de détails.

- Hier, nous en étions restées à la belle intégrité de Marcelle qui tint parole finalement et envoya vers toi un certain nombre de clientes.
- Tout à fait ! Grâce à sa bonté, ma petite affaire se développa. Six mois plus tard j'eus même assez de clientes pour vivre de mon travail. Merci Seigneur ! Je renouai aussi avec ma tante qui m'avoua :

« J'ai compris, Lorenza, que tu ne veuilles pas fréquenter Juan. Cependant, il me fallait ménager la susceptibilité de Pedro qui n'a pas toujours un caractère facile ».

- Vu qu'elle ne m'invitait plus à passer le dimanche avec eux, j'en déduisis qu'elle craignait la survenance d'une dispute entre son mari et moi.
- Par bonheur, tout allait pour le mieux après des années difficiles ; quoique Dieu avait bien souvent adouci l'adversité, fit remarquer Aude.
- Oui, en effet. L'emprise du malheur n'avait pas été si tenace en définitive. D'ailleurs, alors que je m'étais résolue à finir vieille fille, un événement impromptu se produisit.
- Ah ? dit Aude en ouvrant de grands yeux.
- Cela t'étonne, n'est-ce pas. Alors, voici ! Comme j'allais chaque matin boire un café au bar du coin avant d'ouvrir la boutique, j'avais sympathisé avec les gérants qui ne manquaient jamais de parler de moi à leurs clientes. En guise de

remerciement, je fabriquais gracieusement de jolis vêtements pour Élise, la patronne.

- Parle-moi plutôt de ce fameux événement, s'impatienta Aude.

- Oui, oui, j'y viens. Tandis que je buvais tranquillement mon_café quotidien et que je me distrayais l'esprit via les petits ragots débités par certains devant le zinc, un homme s'approcha de moi :

« Puis-je m'asseoir à votre table, mademoiselle ? »

- Tout en dévisageant cet importun d'un air grave, je lançai :

« Pour quoi faire ? J'allais justement partir.
- Quel dommage ! J'avais tant envie de vous connaître.
- Ce sera pour une autre fois alors, parce que je dois aller travailler maintenant.
- Bonne journée, mademoiselle ... ».

- Il avait suspendu la voix en espérant ainsi que je divulguerais mon prénom. Or je ne me sentis pas l'envie de satisfaire sa curiosité.

« Moi, c'est José.
- Enchanté ».

- Je me levai impulsivement et le plantai là en lâchant :

« Bonne journée, monsieur ! ».

- La venue vers moi de ce José me renvoya aux autres moments de ma vie où pareille chose m'était arrivée. Certes, cet événement harcela ma pensée durant une bonne partie de la journée.

- Cet homme était sans doute celui de ta destinée, dit Aude avec un petit sourire.

- Ah ça ! Si nous connaissions par avance notre destin, nous le fuirions parfois. Tu verras plus tard pourquoi je dis ça, rétorqua Lorenza.

- Je subodore que ce José et toi avez eu une histoire.

- Patience, mon enfant ! Donc, tandis que j'étais toute occupée à ma couture, cet homme apparut une nouvelle fois, et comme par magie, face à moi.

« Vous ? Comment avez-vous su … m'étonnai-je.

- J'ai mes informateurs, plaisanta-t-il.

- Je pense plutôt que vous m'avez suivie l'autre jour.

- Pas du tout. Disons que j'ai su tirer les vers du nez à la patronne du bar où nous nous sommes rencontrés.

- Rencontrés ? Où vous m'avez accostée.

- Bon, je vois que je vous importune. Permettez-moi quand même de vous déclarer que vous m'avez ébloui ».

- Sa réponse m'amusa beaucoup. En outre, j'avais l'impression de n'avoir plus ri depuis une éternité.

« Vous n'êtes qu'un beau parleur et je me méfie de ce genre d'individu. Il cache souvent de mauvaises intentions.

- Là, mademoiselle, vous me jugez sans me connaître.

- Je l'admets. Excusez-moi alors pour ce jugement hâtif.

- Je vous excuse à condition que vous acceptiez de dîner avec moi ».

- Alors que j'acceptais soudain son invitation, je lus dans son regard que mon revirement le surprenait. Nous nous retrouvâmes donc le lendemain soir dans un petit restaurant du centre-ville. Son naturel gai et son physique agréable me séduisirent. Nous nous revîmes et je tombai amoureuse de cet homme dont je ne connaissais que l'apparence. D'origine basque, il n'avait plus de famille et cela tendit à nous rapprocher. Un mois plus tard, nous allâmes voir le curé de la paroisse de son quartier ; puis nous nous mariâmes le samedi suivant dans la plus stricte intimité. Carmen et Pedro étaient présents, lequel me confia ne plus m'en vouloir. J'espérais qu'un doux bonheur suivrait cet hymen et ma première nuit dans les bras d'un homme. J'avais tant besoin d'amour, de la chaleur d'un foyer avec des enfants. José était prévenant et toujours de bonne humeur. Quant à moi, je peinais à dépasser cette mélancolie habitant mon cœur depuis la mort de ma mère et de mon père. Il me reprochait régulièrement mon air triste. Je regrettais son manque d'empathie envers ces tourments qui avaient été les miens durant mon adolescence. Aussi devais-je prendre sur moi pour que cet homme plein de vie n'en vînt pas à regretter de m'avoir épousée.

- Que faisait-il comme travail ?

- Mécanicien ... ouvrier mécanicien. Il répétait vouloir créer son propre atelier de mécanique, bien qu'il n'avait pas le moindre sou de côté.

- Ton affaire était prospère. Tu aurais pu l'aider, non ?

- Oui, en effet. Curieusement, ma petite voix intérieure me soufflait de n'en rien faire pour le moment.

- Sentais-tu que ton mari n'était pas un modèle d'honnêteté ?

- Il disait sans cesse avoir besoin de quitter ce boulot pour réfléchir ... et cela m'agaçait sérieusement. D'ailleurs, il finit par quitter son emploi et par rester à la maison à fainéanter. Venant de tomber enceinte, je supportais cette situation. J'avais vraiment envie d'une famille et de ne pas seulement vivre pour mon travail.

- L'arrivée prochaine de cet enfant fut un déclencheur, je pense.

- Me concernant oui. Un soir, il m'informa avoir trouvé un emploi de commercial.

- Commercial dans quoi ? Interrogea Aude.

- Dans des produits divers destinés aux garages d'automobiles. Ainsi il partait le matin et ne rentrait que le soir. Tandis que je m'étonnais de l'absence de toute sacoche contenant des documents ou de quelques échantillons, il lança avec assurance :

« *Ça reste dans la boîte tout ce bastringue comme la voiture de la société d'ailleurs* ».

- J'admis finalement qu'il lui fût interdit d'amener ces choses à la maison. Jusqu'au jour où il rentra très tard dans la nuit en prétextant une réunion un peu arrosée.

« *Deux ou trois verres ? Mais tu sens l'alcool à cent mètres mon pauvre.*
- Fous-moi la paix tu veux ! Répliqua-t-il ».

- Puis il se coucha et s'endormit aussitôt. Il dormait encore comme une masse à mon retour du travail à midi trente. Ces réunions se répétèrent fréquemment. J'attendais qu'il rentre, épuisée par cette vie décalée. J'allais mettre au monde un enfant qui aurait pour père un soûlard, un vulgaire nuitard. Cela ne pouvait plus continuer ainsi. La fois où il revint en fin de journée en m'annonçant :

« *Le boss m'a viré.*
- Et pour quel motif ? Répondis-je d'une voix énervée.
- Je faisais pas assez de ventes.
- Pas de ventes du tout même. Tu n'as eu aucun revenu depuis le début de ce travail.
- On m'a dupé, ma pauvre.
- À quoi as-tu réellement occupé ton temps depuis le début de ce soi-disant travail de commercial ?
- Mais j'ai fait le commercial tout simplement. Et puis c'est quoi cette insinuation au juste ?
- J'insinue que tu m'as menti et que tu te joues de ma crédulité ».

- Nous eûmes une terrible algarade et il pleura, puis il déclara n'être un bon à rien, etc. Ses jérémiades suscitèrent ma pitié et nous nous réconciliâmes. Pour l'heure, j'avais à cœur de donner naissance à mon enfant avec le souci de ne pas le faire arriver dans un foyer désuni.

- Cette naissance incita-t-elle José à prendre le taureau par les cornes et à se comporter comme un homme ?

- Après sa naissance, José s'occupa d'Antoine pendant que je travaillais. Il resta ainsi six mois à ne rien faire d'autre que garder notre bébé et préparer les repas. Il cuisinait bien en outre. Je me satisfaisais de cette situation, de cette vie avec un mari chômeur. Car cela me donnait le sentiment d'avoir un foyer et d'exister. Naturellement, j'avais le statut de chef de famille et nous serions tombés dans le dénuement si ma petite affaire s'était mise soudain à péricliter. J'évitais néanmoins d'entretenir dans ma tête ce genre de peur.

- Tu étais, heureusement, une femme courageuse et responsable, contrairement à ce José, allégua Aude.

- L'adversité m'avait aguerrie. De surcroît, il fallait bien que l'un de nous deux le fût ; car il y avait dorénavant une bouche de plus à nourrir et une autre petite âme risquait à tout moment de s'incarner. Quoique je prenais les précautions d'usage, de façon à ce que cet événement ne se produisît pas dans ces conditions. Je poussai José à postuler dans des garages, comme il était censé posséder une certaine compétence dans la mécanique. Il partit donc des journées entières, puis il rentra derechef de plus en plus tard. Il sentait l'alcool, le tabac et entrait dans des crises insupportables quand je cherchais à savoir :

« *Où passes-tu tes nuits ? Dans des tripos sûrement.*

- J'essaie de m'en sortir, figure-toi et si je réussis … on sera blindés et tu n'auras plus à trimer comme petite couturière.

- Mon pauvre José, tu me fais honte. J'ai manqué de chance le jour où tu es venu vers moi. J'aurais dû me rendre compte que tu étais un serviteur du diable ».

- Il éructa un rire mauvais, puis il me couvrit d'insultes ; ce qui était devenu une habitude depuis quelque temps.

- Pourquoi restais-tu avec lui ? Tu étais parfaitement capable d'élever seule Antoine.

- Oui, mais je culpabilisais à l'idée de le priver de la présence de son père.

- Tu parles d'un père ...

- Oui, évidemment ! De nos jours, mes valeurs semblent désuètes, vu que les couples divorcent pour des broutilles.

- Combien de temps acceptas-tu cette situation insensée ?

- Quand il rentra au petit matin avec une mine défaite et le regard apeuré, je compris qu'il s'était passé quelque chose de grave.

« J'ai perdu aux cartes et je vais y laisser la peau si je rembourse pas dans les quarante-huit heures.

- Dans les quarante-huit heures ! Et combien tu as perdu à ce jeu débile ?

- 50.000 francs (il convient de comparer cette somme au salaire minimum de l'époque, à savoir 7000 anciens francs).

- Et où vais-je trouver une telle somme ? Tu es malade, José, un dangereux malade même ».

- Je me mis à verser toutes les larmes de mon corps. Le cœur torturé par cette épée de Damoclès suspendue au-dessus de la tête de mon mari, il me fallut pourtant partir travailler ensuite. Je ne pouvais me permettre de laisser la boutique fermée.

- À ta place, j'aurais abandonné ce sale individu à son triste sort. Ne s'était-il pas infligé ce châtiment de lui-même ?

- Eh bien, vois-tu, je me suis laissée attendrir. Je m'en serais voulue si mon égoïsme avait été responsable d'un meurtre. Je vidai donc le compte en banque de toutes mes économies et contractai un prêt pour lui venir en aide. Tandis que je lui remettais 50.000 francs en billets de banque, il jura de cesser cette vie pécheresse et de tout faire pour devenir un bon mari et un bon père pour Antoine.

- Il tint vraiment parole ?

- Trois mois environ passèrent où il ne faisait rien d'autre que tourner en rond dans l'appartement. Il s'adonnait aussi à la boisson et fumait comme un pompier. J'avais pitié de cet individu sans volonté et incapable de respecter son engagement. Un soir, au retour du travail, je ne le vis plus à la maison. Il arriva le lendemain matin dans ce même état où je l'avais vu tant de fois. Alors que je le sermonnais, il m'insulta et partit se coucher sur le canapé du salon. Cet homme me détruisait jour après jour. Bien que nous n'étions plus un couple depuis longtemps, je ne parvenais pas à demander le divorce, et ce, par peur de ruminer mon échec.

- À ce stade de ta vie, il s'était écoulé combien d'années ?

- Trois années et cinq mois.

- Quelle excellente mémoire tu as ! Tout ce temps à endurer un tel calvaire ? Ma chère mamie, tu es une sainte femme … oui, une vraie sainte femme.

- Je ne sais si je suis cela, mais je n'avais pas encore bu la coupe jusqu'à la lie, mon enfant. En effet, il en vint à me frapper et à puiser dans la caisse du magasin pour s'adonner à son vice. J'étais désorientée, démoralisée. Je continuais à travailler dans des conditions affreuses et, parfois, le visage tuméfié. Mon état tracassant certaines bonnes clientes, je faisais en sorte de minimiser la chose. Quant à José, il continuait de voler dans la caisse ; ce qui m'amena à décider de refuser de plus en plus de travail. Aussi, l'affaire périclita-t-elle en moins de six mois. Les fournisseurs me lâchèrent et je fus contrainte de fermer le magasin ainsi que l'atelier. Puis je tombai malade et n'eus pas, d'ailleurs, le moindre élan de compassion de la part de José. Comme il ne s'opposait guère à notre divorce, je réalisai qu'il ne m'avait jamais réellement aimée.

Audrey pensa que sa grand-mère était née pour faire l'expérience de difficiles épreuves. Elle partageait silencieusement cette adversité tout en ne comprenant pas pourquoi une personne au cœur si bon avait dû expier de la sorte. Or elle n'était point en mesure de décrypter le dessein de Dieu dans son cas.

- Tu t'es retrouvée à nouveau dans le dénuement et, cette fois, avec un enfant à charge, regretta Aude.

- Oui, Antoine avait seulement vingt-sept mois quand je me suis trouvée forcée de quitter mon appartement ; vu que je ne pouvais plus en payer le loyer. Atterrée, je n'arrivais pas à prier Dieu ; car mon cœur était sec et vindicatif. J'en voulais au Seigneur de m'avoir punie, une nouvelle fois, alors que j'avais tout fait pour rendre José heureux. Avec la petite somme sauvée du désastre, je louai une chambre de bonne. Il me fallait me laver à l'eau froide et faire chauffer un peu d'eau sur un réchaud de fortune pour le bain d'Antoine. Je me résolus finalement à rendre visite à ma tante, afin de lui conter mon infortune. Elle était mère à présent d'une petite Julia de dix mois. Pedro ayant créé sa propre entreprise de bâtiment, elle ne manquait de rien. Elle accepta de me prêter une somme d'argent avec laquelle je pus louer un logement plus décent que je m'engageais à lui rembourser dès que j'aurai trouvé un emploi.

- Elle ne te reprocha pas d'avoir éconduit Juan et épousé un poivrot ?

- Non, Carmen était une personne aimable. Elle était surtout désolée pour moi et elle ne comprenait pas cet acharnement du sort.

- Tu étais encore jeune et assez jolie pour refaire ta vie de toute façon. J'espère que cet échec n'avait pas totalement asséché ton cœur.

- Honnêtement, mon enfant, j'avais matière à désirer grossir les rangs des célibataires endurcis et à ne plus vouloir tenter l'aventure de la vie en couple. Par bonheur, l'amertume n'était pas dans mon tempérament. Aussi insensé que cela puisse paraître, je n'en voulais pas à José de m'avoir fichue dans le pétrin. Je le plaignais plutôt d'être aussi faible et irresponsable. Quoique je ne le lui souhaitais pas, je pensais que son vice l'enverrait tôt ou tard *ad patres*. Il n'était en définitive qu'un gamin, comparé aux malfrats qu'il fréquentait.

- Ta grandeur d'âme était exemplaire, encensa Aude en posant un regard affectueux sur le visage de sa chère grand-mère.

- Ma foi en Dieu, en dépit de quelques doutes lors d'événements dramatiques, m'a préservée de grands malheurs. Je lui étais reconnaissant d'avoir placé sur mon chemin des personnes bienveillantes grâce auxquelles j'avais connu des années heureuses. Sans Dieu, l'être humain n'est rien et une grande majorité de gens ignorent combien ils pèchent en se détournant de lui. Concernant cet échec avec José, il ne m'incita pas à la résignation, à renoncer à l'amour avec un autre homme. Je me disais qu'il en existe dotés d'un cœur sincère. Le fatalisme m'aidait à vivre, à croire que mon destin n'était pas de végéter dans la misère.

- J'ai foi aussi que Dieu trace un dessein pour notre âme avant son incarnation sur terre et que notre existence est le reflet de ce dessein, argua Aude.

- Je suis heureuse de t'entendre dire cela, ma fille. J'ai toujours accepté humblement les épreuves, persuadée au fond de moi qu'elles n'étaient en rien un hasard.

Ce bel état d'esprit de sa grand-mère rappela à Aude ce que sa propre mère, la fille de Lorenza, lui confiait dans sa jeunesse. Elle n'était plus de ce monde, mais elle avait toutefois insufflé son cœur de la nécessité d'aimer Dieu.

- On reprendra demain. Tu dois te reposer maintenant, mamie. Quant à moi, j'ai des choses urgentes à régler.

- Va, ma chérie. Tu as ta vie et tu n'es pas obligée de tout me dire.

- Mais si, je te dis tout au contraire. Car tes conseils m'importent vraiment.

Elle embrassa sa grand-mère, un baiser très affectueux sur les joues, en la serrant dans ses bras ; puis elle partit après un dernier regard vers cette aïeule qu'elle adorait.

Chapitre 10

- Où en étions-nous hier ? Dit Aude en consultant son cahier. Ah oui ! Pourrais-tu me préciser comment tu as fait pour rebondir ma chère mamie ? Car tu n'as pu que rebondir avec ton cœur tellement empli de foi et, bien sûr, ton tempérament volontaire.

- Je remercie sans cesse le Seigneur pour sa merveilleuse protection. À propos de ta question sur la façon dont j'ai refait surface après un tel déboire, cela n'aurait pas été possible si je n'avais pas mis ma fierté dans la poche et si je n'étais donc pas retournée voir Marcelle Brot, laquelle fut évidemment étonnée de ma visite. Depuis mon mariage avec José, je ne l'avais revue qu'une seule fois au début.

« Que t'est-il arrivé, Lorenza ? Tu n'as pas belle mine.
- Ma vie a mal tourné, ma pauvre Marcelle.
- En passant devant, j'ai vu ta boutique fermée. Je me suis dit que tu étais partie ailleurs. J'avoue que ton indifférence à mon égard m'a blessée.
- Pardon, Marcelle. Ce n'était pas de l'indifférence, mais de la honte.
- De la honte ? Raconte-moi pourquoi ça, ma Lorenza.
- Ne souhaitant pas livrer à sa curiosité l'intimité de ma vie passée avec José ni lui donner matière à me plaindre en affublant celui-ci de tous les maux, je lui révélai simplement :
- Quand mon mari a voulu lancer sa propre affaire, je lui ai fait don de mes économies. Nous avons aussi emprunté une somme rondelette à la banque. Or son entreprise n'a pas produit le chiffre d'affaires espéré et il a dû mettre la clé sous la porte, entraînant mon commerce dans sa chute.
- Dans quel domaine son entreprise était-elle ?
- La mécanique auto, mentis-je.
- Et vous vous êtes séparés après ça, j'imagine.

- Le sentiment n'a pas résisté aux ennuis et nous avons divorcé. Mais tout ça appartient au passé maintenant. Je dois travailler pour nourrir mon petit Antoine. Aurais-tu une idée de ce que je pourrais faire ? Les problèmes n'ont pas enterré ma compétence.

- Tu n'as qu'à revenir quelque temps ici. J'ai une employée, mais on trouvera de quoi faire pour trois.

- Oh, merci Marcelle. Je donnerai le meilleur de moi-même, sois en sûre.

- En ça, j'ai confiance, ma Lorenza ».

- Sa bonté bouleversa mon cœur si sensible. D'autant qu'elle me proposa un petit salaire assorti d'un intéressement sur chaque vêtement que je fabriquerai. Ainsi je pus retrouver ma dignité et continuer d'habiter mon nouveau logement.

- Cette Marcelle Brot était encore une jolie pierre sur ton chemin, dit Aude.

- Pourquoi une jolie pierre ? s'étonna Lorenza.

- Parce que Dieu te montrait, via cette femme, qu'il veillait sur toi et qu'il mettait, une fois de plus, tes pieds au sec sur un rocher. N'est-ce pas dans le psaume 18 qu'il est dit … voyons donc ce qu'il est dit.

Aude prit la Bible de sa grand-mère qu'elle ouvrit à la page du psaume du 18. Elle lut :

« Éternel, mon rocher, ma forteresse, mon libérateur !
Mon Dieu, mon rocher où je trouve un abri ! ».

- Je connais ce psaume. J'aime aussi les psaumes 23 et 24 ainsi que le 27. Il est vrai que j'aurais pu m'enfoncer dans des sables mouvants et y périr sans Dieu. Peut-être, celui-ci cherchait-il aussi à me faire prendre conscience que je devais me contenter d'un emploi tout simple et ne plus m'aventurer dans une entreprise risquée. C'était ça mon destin en définitive.

- L'avenir dira si tel était son message, n'est-ce pas.

- En effet, laissons l'histoire de ce livre évoluer au fil de la narration.

- Ainsi tu avais retrouvé un emploi et la possibilité d'élever dignement Antoine qui avait quel âge à ce moment-là ?

- Trois ans et demi. Son comportement était celui d'un enfant intelligent et, de surcroît, très proche de moi. Il comprenait beaucoup de choses … déjà à son âge.

- Il a prouvé le niveau de son intelligence à l'âge adulte, d'ailleurs.

- Oui et de belle manière, mais j'évoquerai cela ultérieurement.

- D'accord. Que s'est-il passé ensuite, mamie ?

- La vie suivait son cours. Marcelle possédait une petite affaire qui fonctionnait à merveille et qui me permettait donc de bénéficier d'un salaire. Je pouvais aussi me réaliser dans ce que j'aimais faire, c'est-à-dire tirer un joli vêtement d'un morceau de tissu. En maternelle à présent, Antoine était un garçonnet sage et heureux d'aller à l'école. La directrice m'informa d'ailleurs qu'il montrait d'excellentes dispositions intellectuelles et qu'il irait loin dans les études sûrement. Une révélation qui vint stimuler mon ardeur au travail, car je ne voulais pas qu'il fût pas dans l'obligation d'aller à l'usine pour m'aider financièrement.

- Et son père ? Il a essayé de revoir son fils ?

- Jamais ! Il avait disparu et, peut-être, été victime d'un mauvais coup. Mais je n'entrepris pas des recherches pour le retrouver. Quand Antoine me demanda où se trouvait son papa, je dus lui avouer qu'il nous avait abandonnés. Son regard triste me peina alors grandement. Il se blottissait souvent dans mes bras comme pour s'en faire un refuge et me réconforter aussi sans doute.

- Pauvre tonton Antoine, l'absence de son père l'a forcément chagriné, intervint Aude. Je connais ça, puisque le mien m'a beaucoup manqué après son divorce d'avec maman.

- Je m'en souviens. Nous étions très proches toi et moi en ces temps-là, répondit Lorenza.

- Tu es la meilleure grand-mère du monde, renchérit Aude en posant un baiser sur la joue de son aïeule.

- Bien, trêve de sensiblerie ! S'exclama Aude sur un ton plus joyeux. As-tu rencontré de nouveau l'amour ?

- Oh, cela n'était pas mon souci premier. Comme j'avais sympathisé avec elle, l'autre employée de Marcelle, une dénommée Sylvie, se mit en tête de me sortir de mon existence morose.

« *Ça te dirait de venir avec moi samedi soir ? J'aime bien aller au Ramier le samedi soir. Tu y rencontreras peut-être l'homme de ta vie, qui sait.*

- *L'homme de ma vie ? Je n'y crois plus. Je n'ai pas très envie d'aller me distraire ; d'autant qu'il y a mon petit Antoine que je ne peux laisser seul à la maison.*

- *Ma mère se fera un plaisir de le garder ton petit Antoine. Michel et lui ont quasiment le même âge … ils aimeront donc jouer ensemble.*

- *Bon, je vais y réfléchir* ».

- Finalement, je me laissai séduire par cette proposition d'un peu de distraction après avoir rencontré Gisèle, la mère de Sylvie, et vérifié l'entente a priori entre Antoine et Michel. Tous deux avaient seulement quatre mois de différence. Certes, Antoine n'avait jamais passé la nuit autre part que dans sa chambre. Le cœur gros, je le conduisis chez Gisèle et suivis Sylvie vers ce fameux dancing situé non loin du quartier Saint Michel.

- Je connais « le Ramier ». Il existe encore, précisa Aude.

- Bigre, j'espère qu'il a subi une bonne rénovation !

- Oui, oui, il a été mis au goût du jour.

- Bien. Dans ce lieu nouveau pour moi, vu que je n'avais jamais été danser de ma vie, je me sentais plutôt déboussolée. Je craignais de me retrouver dans une situation embarrassante, dès lors qu'un garçon viendrait m'inviter. Sylvie partit vers la piste avec un cavalier et je n'eus pas à attendre longtemps la venue vers moi d'un grand brun aux lèvres ornées d'un sourire enjôleur.

« Puis-je vous inviter à danser, mademoiselle ? Demanda-t-il
poliment ».
 - Le visage rouge de honte, je lui rétorquai d'une voix timide :
« Désolé, je ne sais pas danser.
 - Un peu suffira.
 - Je n'ai jamais eu l'occasion d'apprendre.
 - Alors, je veux bien vous apprendre. On va se mettre là-bas sur le
bord de la piste. Vous n'aurez simplement qu'à suivre mes instructions ».

 - J'acquiesçai et il m'entraîna vers la piste. L'apprentissage
débuta sur un air de tango. Par bonheur, il se montra très
pédagogue. Portée par la musique et par la sensualité de ce corps
à corps, je découvris en moi une nature encline à cette pratique.

 « Vous vous débrouillez bien, vous savez. Mon prénom est Pierre.
 - Merci pour le compliment. Le mien est Lorenza.
 - Enchanté, Lorenza, répondit-il avec un grand sourire en plantant
son regard couleur noisette dans le mien ».

 - Je me sentis soudain très troublée. S'il avait fait le pas
de s'emparer de ma bouche, je l'aurais laissé faire. Quand nous
retournâmes à ma table, Sylvie y était déjà avec un blond aux yeux
clairs qui la tenait bien serrée. Elle sourit en me voyant revenir
accompagnée, puis elle lança en tendant la main droite :

 « Bienvenue à notre table, monsieur. Je m'appelle Syvie.
 - Et moi, Ernest, renchérit le copain de cette dernière.
 - Pierre, rétorqua succinctement mon cavalier en serrant leurs
mains ».

 - La conversation fut ensuite détendue et très amicale.
Sylvie avait visiblement flirté avec son Ernest. Elle s'interrogeait
sûrement sur le type de relation que j'avais avec Pierre. Nous ne
donnions pas à penser toutefois que nous en étions arrivés à la
même connivence.

- Sylvie allait vite en besogne apparemment, lança Aude.

- Je ne la connaissais pas vraiment encore à cette époque.

- Quant à Pierre, il avait l'air gentil. Fût-ce le commencement d'un bel amour ? Chercha à savoir Aude.

- Quand il voulut me raccompagner chez moi à la sortie du dancing, je refusai en usant d'un faux prétexte. En fait, je ne souhaitais pas avoir à le rabrouer dans le cas où il se montrerait trop entreprenant.

- Pourtant, tu aurais bien accepté son baiser dans le Ramier.

- Oui, sur un coup de tête. En réalité, je n'étais pas encore prête pour une relation amoureuse. Sylvie prit congé, elle aussi, de son flirt et nous rapatriâmes toutes deux nos logements respectifs ; vu que nous n'habitions pas très loin l'une de l'autre. Le lendemain, j'allai récupérer Antoine chez la mère de Sylvie, lequel se jeta dans mes bras comme après une longue séparation. D'après Gisèle, Michel et lui s'étaient bien entendus. Elle nous retint à déjeuner et j'eus ensuite à subir le petit interrogatoire de Sylvie au sujet de mon cavalier d'un soir. Je lui confirmai alors que nous en étions restés à une relation amicale et que, sans doute, nous ne nous reverrions plus ; en effet, il ne savait où me joindre et je ne m'étais pas spontanément éprise de lui.

- J'entends que tu désirais rester seule et ne plus tenter l'aventure d'une liaison, du moins pour un temps, dit Aude.

- Je ne souhaitais pas, surtout, donner à mon garçon l'image d'une mère qui s'entiche du premier venu. Cet enfant était très sensible et très observateur. Cela m'obligeait à me contrôler ; quoique ma nature ne m'inclinait pas, non plus, à coucher avec une rencontre d'un soir. J'idéalisais trop l'amour.

- Je te comprends, mamie, car je fonctionne pareillement. Après ma rupture avec Damien, je n'ai pas éprouvé le désir de m'engager dans une autre relation. J'attends le garçon avec qui je ressentirai l'envie de finir mes jours.

- C'est la marque de fabrique de la famille, objecta Lorenza en souriant. Ta mère était ainsi. Cependant, je note que nous avons connu, toutes les trois, des déconvenues sentimentales.

- C'est vrai, mais c'est le lot de beaucoup de femmes ... et d'hommes aussi.

- Notre destinée nous est cachée et c'est bien ainsi. Cela nous permet d'espérer en la possibilité d'une vie meilleure et de ne pas mourir de désespoir. Imagines-tu le supplice de l'existence si nous en connaissions le déroulé dès l'âge de raison ? Heureusement, l'Amour de Dieu est immense et peu de gens lui savent gré de cela.

Aude médita un court instant les paroles emplies de sagesse de sa grand-mère.

- Bon, alors, tu as revu Pierre ? Interrogea-t-elle, de façon à faire progresser ce récit.

- Trois semaines après ma première sortie du samedi soir, j'acceptai de retourner au Ramier et de confier à nouveau la garde d'Antoine à Gisèle. Comme s'il m'y attendait, Pierre vint m'inviter à danser alors que nous venions à peine de nous installer à une table, Sylvie et moi.

« Tu vas devoir encore jouer au professeur de danse, dis-je.

- J'ai cru que je ne te reverrais plus, répondit-il.

- J'ai l'impression que tu es un habitué de ce lieu.

- Depuis notre rencontre, je n'éprouve plus le désir de connaître quelqu'un d'autre. Ai-je fait quelque chose qui t'a déplu ?

- Non, pas du tout. Mais mon cœur n'est pas disponible pour l'instant.

- Tu es encore avec quelqu'un ?

- Non, non. Excuse-moi, je n'ai pas envie de raconter ma vie. Je ...

- D'accord, Lorenza. Je comprends tout à fait. Me permets-tu d'espérer cependant ?

- Je ne saurais répondre à cette question ».

- La gentillesse et la délicatesse de cet homme m'émouvait. Il me ramena jusque chez moi et nous flirtâmes un moment dans la voiture. Il me fallut, par contre, freiner son ardeur. S'il réveillait mes sens, j'estimais hâtif et déplacé de faire l'amour dans une automobile. Et puis … je n'étais pas sûre de vouloir une relation avec lui.

- Il était très différent de José néanmoins, argua Aude.

- Ah, oui ! Vraiment ! Nous nous revîmes une autre fois et, là, nul déclic en mon cœur ne m'amena à passer à l'acte.

« Désolé, Pierre. J'aimerais mieux que nous restions bons amis, dis-je.

- Je ne te plais pas. Sois franche, Lorenza.

- Tu es bel homme, mais je ne sens pas que tu es l'homme de ma vie. C'est ainsi !

- Bien, on ne se reverra plus alors ; car je ne désire pas une simple amitié avec toi ».

- Effectivement, je ne le revis plus et je n'en éprouvai pas le plus petit regret.

- Il a dû être très déçu et brimé au fond de lui, le pauvre homme. Car il ignorait la raison de ce rejet, déclara Aude.

- Je reconnais que mon attitude fût égoïste, mais je me devais d'être honnête et sincère. Nous serions allés tout droit vers un échec à terme. Quand on est épris de quelqu'un, il nous manque ; or ce n'était pas le cas avec lui. De son côté, il pensait m'aimer et il se serait peut-être lassé de moi après m'avoir mise dans son lit.

- Oui, l'amour est un sentiment qui doit être partagé. Il mûrit aussi à travers la vie à deux.

Ce à quoi, Lorenza répondit :

- Tu as raison ma petite Aude. Le tressaillement au fond de notre cœur est le signe qu'il y frappe à la porte. On désire alors se donner corps et âme à l'être aimé.

- Voici une jolie image, ma tendre mamie. J'ai l'impression que les choses ont beaucoup changé de nos jours.

- Que veux-tu dire par là ?

- Que les adolescents ont déjà des relations sexuelles. Avec les moyens contraceptifs, les filles peuvent avoir de nombreuses expériences. Concernant les couples, ils divorcent beaucoup plus vite qu'à ton époque et pour une simple petite mésentente parfois. La législation permissive sur le divorce y est pour quelque chose. Par conséquent, deux familles sur trois sont recomposées.

- Tu évoques un sujet important, mon enfant. L'humanité n'a pas conscience de vivre sous l'emprise de Satan. Elle juge que Dieu n'a pas sa place au sein du monde ultra-matérialiste qu'elle a construit. Ainsi les valeurs spirituelles essentielles n'ont pas droit de cité. Cette carence d'une vraie foi en Dieu est préjudiciable et fait ressembler ce monde à une sorte de pandémonium. Tu vas sûrement trouver ma critique très intransigeante.

- Ces paroles parlent à mon cœur, car nous avons une même foi en Dieu. J'espère qu'il y a des gens sur terre prêts à empêcher le déclin de l'humanité. Quoique ce soit là une difficile gageure. Le Tout-Puissant est seul à savoir ce que deviendra sa Création. Mais, mamie, tout cela nous éloigne de ta vie.

- C'est vrai. Où en étions-nous arrivées ?

Après avoir consulté ses notes, Aude s'enquit :

- Es-tu retournée au Ramier pour y rencontrer, cette fois, ton âme sœur ?

- Non, parce que je craignais de me retrouver face à Pierre et de devoir écouter la peine que mon mépris lui faisait. Néanmoins, je priais pour qu'il fît une belle rencontre. Je revis ma tante, par contre, car elle était ma seule famille en ce monde, hormis mon très cher petit Antoine. Ravie de ma visite, elle m'invita à déjeuner pour le dimanche suivant. Comme elle avait une petite Julia, âgée de deux ans, Antoine joua avec sa cousine. Il se montrait très délicat envers elle. Pedro avait fait venir Juan, son associé désormais dans la société de bâtiment qu'il avait créée et qui marchait bien. Ainsi je revis cet homme dont j'avais repoussé les avances il y a environ sept ans. Il ne semblait pas m'en vouloir. J'appris qu'il avait divorcé, lui aussi, et qu'il était libre comme l'air. J'avais l'impression, tout à coup, que ma vie tournait en rond, que passé et présent s'emmêlaient et tournaient en boucle. Après le déjeuner, Juan me proposa une sortie au restaurant pour le samedi soir suivant. Bizarrement, j'acceptai et nous passâmes une soirée agréable ; vu qu'il ne manquait pas d'humour. Il me ramena ensuite chez moi et s'employa à me convaincre de passer la nuit avec lui.

« *Le voudrais-je, je ne pourrai pas, lui dis-je.*
- Qu'est-ce qui t'en empêche ?
- Ces choses que toutes les femmes ont une fois par mois ».

- Nous nous en tînmes donc à un baiser amoureux. Manifestement, il n'était plus le garçon de l'époque où je le vis pour la première fois. Je le trouvais plus séduisant. Aussi réveillait-il en moi le désir d'aller plus loin. Or il ne réapparut plus durant les quinze jours qui suivirent. Je m'en informai auprès de ma tante mine de rien :

« *Vous n'invitez plus Juan ?*
- Non, Pedro et lui ont eu un gros différent. À la suite de ça, Juan est parti à Paris. C'est un impulsif qui peut agir d'une façon inattendue.
- Ah oui ? Je ne le voyais pas ainsi.
- Il t'intéresse apparemment.
- Non, non. Il m'apparaissait plus sympathique qu'avant, voilà tout ».

- Carmen avait posé sur moi un regard inquisiteur comme pour me faire savoir qu'elle n'était pas dupe. Elle devait penser que Juan était un goujat qui s'était joué de ma crédulité. Certes, elle ne savait pas que je ne me donnais pas aussi facilement à un homme. Je me disais, d'ailleurs, que ce lascar n'avait eu que l'objectif de passer un bon moment avec moi et qu'il m'aurait jetée, tel un mouchoir sale, une fois son petit plaisir assouvi. Partant, je m'efforçais de l'oublier et de faire taire les regrets au fond de mon cœur.

- Dommage ! Ce Juan aurait pu être l'homme en mesure de combler ton attente d'amour, allégua Aude.

- J'aurais fait le pas, en tout cas, d'une relation entre nous.

- Que dirais-tu de suspendre cette discussion et de reprendre après-demain, mamie ?

- C'est toi le chef d'orchestre, mon enfant.

Elles rirent de concert. Puis Aude quitta sa grand-mère après l'avoir aidée à faire sa toilette et à se mettre au lit.

Chapitre 11

Aude arriva en chantonnant un air à la mode. Lorenza appréciait énormément ce vent de joie de vivre propre à la tirer de la platitude de son existence recluse.

- Tu es ce doux bonheur que j'attends chaque fois impatiemment, ma fille.
- Merci, ma mamie adorée. Et moi, je ne pourrais pas rester longtemps loin de toi.
- Bon, alors ! On se remet au travail ?

Aude vérifia les notes qu'elle avait prises deux jours avant et déclara :

- Nous en étions restées à l'arrêt impromptu de ta relation avec Juan. Tu t'es retrouvée, dès lors, à devoir continuer ta petite vie. Mais, finalement, l'indépendance était ce que tu voulais surtout.
- Professionnellement oui. Concernant ma vie privée, je désirais plus que tout fonder un foyer avec un homme que j'aimerais et qui m'aimerait vraiment.
- Tu as donc œuvré, j'imagine, pour parvenir de nouveau à ton indépendance professionnelle.
- L'envie de créer ma petite entreprise se remit, en effet, à harceler ma pensée. Or mes maigres économies m'empêchaient de mener ce projet à son terme ; vu qu'aucun banquier ne me prêterait de l'argent sur la simple garantie de ma bonne figure.
- Comme à l'accoutumée, ton ange gardien a ouvert la porte d'un événement inattendu. Car, en écoutant ton récit, il est évident que tu bénéficiais d'une protection.
- Tu as raison. Je ne m'en rendais pas compte en ce temps-là. Or cette évocation de mon histoire me fait réaliser que

Dieu me mettait à l'abri du pire. En dépit des déconvenues, il m'aidait toujours à rebondir. Ainsi, une fois de plus, il me gratifia d'une jolie grâce.

- Ah ? J'ai hâte d'en entendre plus.

- Alors, voici, mon enfant. Lors d'un des repas du dimanche chez ma tante et Pedro, lequel aimait beaucoup Antoine, il me vint soudain à l'idée d'annoncer :

« *J'aimerais ouvrir une boutique, pareille à celle que j'ai eue dans le passé.*

- Une boutique de quoi, s'enquit Pedro.

- Un atelier de couture adossé à une mercerie.

- Pourquoi ta précédente affaire a-t-elle bu le bouillon déjà ?

- À cause de José. Sinon, elle existerait encore.

- Oui, je m'en souviens. Ce José t'a mise dans la pire des situations, intervint Carmen.

- Il te faudrait combien pour créer cette entreprise ? Et ... concernant les clients, comment tu les trouveras ? Interrogea Pedro.

- Marcelle Brot, ma patronne actuelle, refuse régulièrement du travail. Elle enverrait chez moi des clientes. Elle l'avait fait la fois précédente. C'est une bonne personne.

- Bon, informe-moi sur la somme qu'il te faut et on en reparlera, rétorqua Pedro de sa voix très grave ».

- Naturellement, je n'avais jamais imaginé que le mari de ma tante réagirait ainsi. Il est vrai que sa société de bâtiment marchait fort et qu'il avait le projet de l'agrandir encore. Tous deux habitaient désormais une demeure confortable.

- C'était en quelle année ?

- En 1959. Antoine avait neuf ans et moi trente-et-un. Mon garçon était le premier de sa classe et il adorait l'école. À l'heure du repas, il me fallait le sortir de ses livres d'études et, souvent, de ses autres lectures.

- Il ne tenait pas de son père manifestement.

- Ah, non alors !

- À mon avis, il tenait plutôt de toi. Tu serais allée loin dans les études sûrement s'il n'y avait eu la guerre et tant d'épreuves ensuite.

- Qui sait ! Mais, en effet, j'aimais l'école et, jeune déjà, je voulais être dans le médical.

- Ainsi, grâce à Pedro, tu as pu retrouver ta chère indépendance ?

- Oui, il a tenu parole et m'a prêté la somme nécessaire. Il m'a aussi permis d'obtenir des délais de paiement chez les fournisseurs de mercerie. Fort de son soutien, son banquier m'a reçu avec un grand sourire.

- Tout allait enfin pour le mieux.

- Oui, merci Seigneur ! Si Marcelle regretta mon départ, elle me souhaita bonne chance et ne rechigna pas à envoyer vers mon atelier toutes les personnes qu'elle ne réussissait pas à satisfaire.

- Cette Marcelle Brot était réellement habitée par une belle âme.

- Sans elle, j'aurais connu de grandes difficultés. Dieu l'avait placée sur mon chemin et je l'en remerciais chaque jour. Je priais aussi pour qu'elle jouisse d'une grande prospérité à tous les niveaux. Ma petite affaire se développa et je remboursai chaque mois Pedro du prêt qu'il m'avait fait. Dès lors, j'eus vraiment l'impression d'être mon propre maître. La boutique devenant trop exiguë, je louai un local plus vaste et j'embauchai une employée ; car j'avais étoffé la mercerie et acquis une machine à tricoter pour la fabrication de pull-over pour adultes et enfants.

- Grâce à ta détermination, j'ai pu bénéficier d'une entreprise rentable. Merci infiniment, mamie.

- Je suis ravie que tu aies su la faire prospérer. Il aurait été dommage qu'elle transitât vers des mains étrangères.

- Ton histoire est un enseignement sur la vérité du destin. Comment ne pas y croire en écoutant le parcours de ta vie.

- Merci, ma fille, répondit Lorenza. Cependant, la destinée n'est pas une longue route droite que l'on ne peut jamais quitter. Dieu a doué chacun de nous du libre arbitre et celui-ci nous fait prendre, bien souvent, des chemins de traverse. Ainsi le Créateur n'a pas voulu faire de l'homme un pantin ou, en d'autres termes, un esclave obéissant. En lisant l'Ancien Testament, on réalise cette vérité à partir de l'exemple du peuple d'Israël. Pourtant élu de Dieu, ce dernier s'est évertué à agir d'une façon que l'Éternel ne pouvait que réprouver.

- As-tu lu la Bible en entier, mamie ?

- Oui, Aude et je t'engage d'ailleurs à le faire. Tu y puiseras un grand enrichissement spirituel.

- Tu as évoqué tout à l'heure le libre arbitre dont les êtres humains usent bien mal selon moi. Sinon le monde ne partirait pas à la dérive comme actuellement. Les guerres fratricides, la haine, le mensonge, la perfidie n'y auraient pas cours. Chacun aurait plutôt à cœur d'y faire triompher l'Amour.

- Oui, mais l'homme n'est pas parfait et il ne le sera jamais, allégua Lorenza. Partant, il sera sans cesse tiraillé entre son ego et son âme. Certains ont plus d'ego que d'autres. De toute manière, il faut s'efforcer de dominer ces penchants qui nous tirent vers le bas.

Si elle avait eu nombre de discussions avec sa grand-mère, Aude découvrait, grâce à ce livre, la pensée profondément religieuse et philosophe de cette dernière.

- Ta méditation sur ces sujets métaphysiques t'a permis de trouver une certaine paix intérieure.

- Et la force de pardonner. Du temps a été nécessaire pour que j'en arrive à pardonner à ceux qui m'ont emprisonnée, alors que je n'étais qu'une adolescente innocente, à José qui n'était en définitive qu'un faible sous la sujétion de ses vices et, donc, de son pauvre ego. Antoine a grandement œuvré, sans le savoir, au développement de mon harmonie intérieure. C'était une grande âme et il me manque énormément.

Deux larmes perlèrent sur le visage ridé de Lorenza.

- Je me souviens d'oncle Antoine et de sa gentillesse. Sa simplicité rivalisait avec sa belle intelligence. Dommage qu'il soit parti si tôt, renchérit Aude.

Elle prit la main de sa grand-mère et posa un baiser appuyé sur sa joue.

- Mon regretté Antoine avait les poumons fragiles comme ma mère. La médecine a montré ses limites concernant son mal. Tandis qu'il avait brillamment réussi le diplôme d'ingénieur polytechnicien, il n'a pas pu profiter de la vie après tant d'années à étudier tard dans la nuit. Je pense souvent à lui et à ce qu'il aurait fait de grand.

- Son âme veille sûrement sur la tienne à présent, ma chère mamie.

- Puisse Dieu avoir installé celle-ci dans un jardin paradisiaque et baigné d'une lumière sublime.

- Ce que tu viens de dire est très beau et j'espère qu'il en est ainsi pour les âmes au service du Bien. Maintenant, revenons-en à des considérations plus terre à terre. Nous en étions restées au moment où ton commerce se développait. Ainsi tu ne t'inquiétais plus pour ton avenir.

- Le fait d'honorer les mensualités convenues avec Pedro me faisait me sentir pleinement patronne de mon entreprise. Quant à ne plus m'inquiéter pour mon futur, c'est une autre affaire. Le commerce nous réserve des déboires inattendus malheureusement. Je gardais néanmoins une attitude d'esprit positive, mais lucide suite à mon expérience passée.

- Par bonheur, tout s'est déroulé pour le mieux. Et l'amour dans tout ça ?

- Je vivais comme une nonne et ne me préoccupais guère de rencontrer l'homme idéal. Je n'en avais pas le temps d'ailleurs. Le travail occupait mes journées depuis le matin très tôt jusqu'à dix-huit ou dix-neuf heures. Étant encore adolescent, Antoine était un garçon studieux que je n'étais pas contrainte de pousser à faire ses devoirs. Nous étions très proches. Aussi n'aurait-il pas aimé qu'un homme vînt s'immiscer entre nous.

- Oncle Antoine n'était-il pas trop possessif ? Tu avais ta vie de femme à faire, non ?

- Outre que le sexe en soi n'avait point ma prédilection, je craignais de me tromper à nouveau et d'imposer à mon fils une situation ingérable. Je voulais en outre qu'il soit fier de sa maman. À ce stade de ma vie, il m'apparaissait qu'il n'est pas simple de rencontrer la bonne personne. Dieu nous blâme-t-il d'avoir plusieurs expériences sexuelles ? Si elles ont lieu dans le cadre d'un amour sincère, je pense que non.

- Voilà une question intéressante. Comme tu le dis, Dieu ne peut pas condamner nos erreurs proprement humaines. Après ma rupture avec Damien, j'étais meurtrie de n'avoir pas réussie à passer ma vie avec un seul et même homme. Je ne me hâte pas d'ailleurs de le remplacer. J'ai l'impression, parfois, de te ressembler énormément, mamie.

- J'ai bien observé cela, mon enfant. Quoique nous n'appartenons pas à la même époque, les vraies valeurs ne vieillissent pas. Elles sont identiques depuis la nuit des temps et elles ne changeront pas intrinsèquement. Or trop de personnes ne savent plus ce qu'elles sont et elles vivent d'une façon insensée. Le système actuel mène l'humanité vers de tristes ténèbres.

- C'est une sombre perspective.

- Tu as raison, Aude. Abordons donc des considérations moins tragiques. Bien que ma vie ne soit pas un modèle de joie. Elle a plutôt été une longue grisaille avec quelques coins de ciel bleu quand même.

- À ce point de ton récit, tout semblait aller bien néanmoins. Ton magasin était prospère et ton fils te donnait beaucoup de satisfaction. Certes, il y avait la frustration liée à l'absence d'un homme aimant.

- Cette chose arrive quand on ne l'attend plus, ma fille. Deux âmes destinées l'une à l'autre ne sauraient se manquer.

- Je sens que ton existence va prendre ici un tournant. Mais on va garder cette jolie découverte pour demain, mamie.

- Je n'ai pas parlé de la rencontre du siècle. C'était simplement une petite réflexion, plaisanta Lorenza.

- Mm, mon petit doigt ne me trompe jamais, rétorqua Aude en riant.

Chapitre 12

Après une petite collation, Aude manifesta son impatience d'apprendre la suite des événements narrés la veille par sa grand-mère.

- Hier, mamie, tu m'avais laissé supposer l'avènement d'une belle rencontre. J'ai hâte d'en savoir plus.
- Tu as supposé ce que tu voulais bien supposer, ma fille, répondit Lorenza avec un sourire malicieux propre à faire pétiller l'iris bleu de son regard.
- Bon, nous n'en sommes pas encore là si je comprends bien.
- Tout à fait.
- Qu'est-ce qui te vient à l'esprit que tu souhaiterais évoquer alors ?
- Un moment dramatique tout d'abord. En effet, Marcelle Brot tomba gravement malade. Par conséquent, elle envoya sa clientèle vers moi ; ce qui m'obligea à changer encore de local. Avec un espace plus vaste, et suite au recrutement de deux couturières – dont Sylvie –, je pus assurer ce travail supplémentaire. Marcelle décéda cinq mois plus tard. Une disparition qui m'affecta terriblement. Elle avait été si bonne envers moi et pareille à un ange sur mon chemin en définitive.
- N'était-il pas compliqué d'avoir Sylvie à ton service après l'avoir eu comme collègue chez madame Brot ?
- Sylvie possédait une bonne nature, mais elle était aussi une excellente couturière. Je fis donc en sorte de lui laisser les mains libres pour éviter de la brimer. Nous retrouvâmes ainsi le fil de cette amitié que nous avions laissée en suspens ces dernières années. Quand elle chercha à m'entraîner dans ses sorties du samedi soir, je lui fis savoir que je n'éprouvais pas le désir de

m'éclater et devenir, partant, un mauvais exemple pour mon Antoine.

- Elle n'était pas encore mariée ?

- Sylvie était un boute-en-train, très sexuelle et sexy de surcroît, qui multipliait les aventures.

- Tout le contraire de toi. Vous n'aviez rien en commun propre à justifier une amitié.

- C'est exact, mais je l'aimais bien pourtant. Elle me faisait rire. Cela me tirait de mon austérité.

- Je ne dirais pas, quant à moi, que tu étais une personne austère. Tu portais plutôt en toi une certaine sagesse.

- Sagesse rime avec austérité, mon enfant. Ceci dit, tu m'idéalises ; car je n'étais pas un modèle de sagesse. Je pense que mes expériences malheureuses m'avaient rendue méfiante envers les hommes. De plus, mon Antoine m'incitait à sanctionner mes élans.

- Est-ce que Sylvie, qui s'avérait être un gai luron, parvint à te pousser, malgré toi, vers un nouvel amour ?

Lorenza sourit et dit :

- Lors du réveillon du Jour de l'An – nous étions en 1961 – Sylvie m'engagea à ne pas rester seule chez moi avec mon fils. Mais comme j'avais prévu de réveillonner chez ma tante et Pedro, je déclinai son invitation ; car ces derniers n'auraient pas apprécié ma décision de passer cette fête ailleurs que chez eux. En effet, Julia adorait son cousin Antoine. Quant à la déception de Sylvie, elle ne m'inquiéta guère. Je me disais qu'elle oublierait vite sa contrariété dans les bras d'un homme.

- Manifestement, elle cherchait à passer de bons moments et non à se construire une vie de famille, déclara Aude.

- C'était un pis-aller et, à mon avis, ce type d'existence ne la rendait pas vraiment heureuse. Pourtant, la lumière du bonheur brilla réellement dans ses yeux quand elle m'annonça, deux semaines après le réveillon environ, qu'elle venait de rencontrer un homme merveilleux.

« *C'est celui que j'attendais, lança-t-elle alors d'une voix enthousiaste* ».

- Elle insista pour me le présenter.

« *Et si on se faisait une petite sortie samedi soir, tu pourrais le voir comme ça.*
- *Tu viens juste de le connaître, Sylvie. Rien ne dit que vous serez encore ensemble dans une semaine ou deux.*
- *Sympa, Lorenza ! Souhaite-moi plutôt beaucoup de bonheur avec lui !*
- *Mais oui, Sylvie ! Je te le souhaite de tout mon cœur.*
- *Donc ... tu es d'accord pour le voir ? C'est important que tu me donnes ton sentiment sur lui.*
- *Mon avis t'importe tant ?*
- *Tu as un bon jugement en général* ».

- Ainsi je fis cette rencontre lors d'une sortie que nous fixâmes pour le dimanche après-midi en huit, puisque le Ramier était ouvert ce jour-là. J'avais emmené Antoine chez Carmen.
- Peut-être était-ce l'occasion pour toi aussi de faire la rencontre de ta vie, spécifia Aude.
- Cette après-midi-là fut, en tout cas, un moment particulier.
- Ah ? Je suis toute ouïe, mamie.
- Voici donc, répondit Lorenza avec un sourire coquin.

Aude espérait entendre enfin qu'une fée avait magiquement matérialisé cet homme que sa chère grand-mère attendait tant.

- Ainsi je me retrouvai au Ramier en compagnie de Sylvie, un endroit où je n'avais plus mis les pieds depuis deux années au moins. Certes, les années passaient et je me disais que je finirai sans doute ma vie comme une célibataire aigrie par la frustration.

- Quel âge avais-tu ?

- Trente-trois ans.

- Le bel âge ! Beaucoup d'hommes auraient rêvé de passer leur vie avec une femme telle que toi.

- Je ne suis pas si vaniteuse. Bon, revenons-en au récit !

- Tu as raison.

- Installée avec Sylvie à une des tables du dancing, je patientais en regardant nonchalamment autour de moi. Quant à elle, le retard de son fameux petit ami la rendait visiblement nerveuse. Je lui pris donc la main en disant :

« Ne sois pas si inquiète ! Il ne va pas tarder ».

- Elle acquiesça, mais avec un sourire crispé. Un homme se présenta brusquement à la table, comme tombé du ciel. Cela me fit l'effet d'une décharge électrique, étant à mille lieues d'imaginer que je reverrais cet individu dans une telle circonstance.

- Bigre ! Était-ce José qui réapparaissait brusquement ?

- Non, pas José mais Juan. Étrangement, je n'avais pas eu la curiosité de connaître le prénom de son ami avant ce moment-là.

- Étrange, en effet.

- Avait-il fallu que cette présentation produisît en moi un choc ?

- En me voyant, son regard afficha pareillement un fort étonnement.

« Bonjour, heureuse de vous rencontrer. Sylvie m'a tant parlé de vous et de son bonheur de vous avoir rencontré, déclarai-je en lui tendant la main ».

- Il serra celle-ci en rétorquant :

« Très heureux également ».

- Puis il posa un baiser sur les lèvres de Sylvie qui le mangeait des yeux. Je reconnaissais en moi-même que ces deux dernières années l'avaient plutôt embelli. Il me revenait cette époque, lointaine désormais, où il avait disparu de ma vie, alors que mon cœur s'apprêtait à aimer le sien. Assis à côté de Sylvie, il jetait des regards gênés vers mon humble personne. S'interrogeait-il sur le sens de cet événement ? Il invita Sylvie à rejoindre la piste de danse pour ne plus avoir à supporter, sans doute, ma petite comédie ; car je jouais à celle qui ne le connaissait pas tout en parlant de banalités avec mon amie. Aussitôt après leur départ, un homme vint m'inviter à danser et je vis d'un bon œil cette occasion de me divertir l'esprit. Ce Lucien n'était pas désagréable à regarder et j'acceptai donc sa compagnie, puis de flirter avec lui. L'ayant autorisé à s'installer à notre table, il m'apparut que Juan n'appréciait guère mon initiative. Je compris cela à son regard noir vers mon cavalier et à sa manière d'emmener Sylvie sur la piste de danse pour le restant de l'après-midi quasiment. En dehors du Ramier, nous nous serrâmes la main et je repartis avec Lucien qui souhaita m'offrir un dernier verre.

- Ce Lucien était-il l'homme que ton cœur attendait ?

- Je le revis plusieurs fois et il y eut, de fait, une petite histoire entre nous. Quoique d'un tempérament enjoué et prévenant, je n'avais pas vraiment l'intention de passer ma vie avec lui. J'aimais faire l'amour avec cet homme, cependant, et je me sentais ainsi redevenir femme. Nous nous rencontrions chez lui, craignant qu'Antoine ne se montrât réticent à l'entrée d'un homme dans notre petit monde.

- Sylvie et Juan continuaient-ils de bien s'entendre ? Questionna Aude.

- J'ignorais leur degré d'entente et si Juan aimait vraiment Sylvie. Le sachant imprévisible, je me gardais bien toutefois de confier à cette dernière ma mauvaise expérience avec lui. Je me rendis compte soudain qu'elle nourrissait une secrète animosité contre moi lorsque je lui fis la demande suivante :

« Es-tu toujours avec Juan ? ».

- Elle rétorqua alors sur un ton plutôt agressif :

« Oui, pourquoi ? Tu attends qu'il soit libre ?
- Qu'ai-je fait qui justifie cette jalousie ?
- Figure-toi qu'il m'a posé des questions sur toi.
- Des questions ? De quel genre ?
- Eh bien, depuis combien de temps nous sommes amies et que tu as l'air d'une espagnole du sud et que tu es plutôt jolie … enfin, bref, j'ai l'impression qu'il s'intéresse à toi.
- Tu te fais des idées, Sylvie. La jalousie n'est pas bonne conseillère, tu sais.
- Mais je ne suis ni dupe ni idiote, ma pauvre. J'avais observé ses regards vers toi au Ramier.
- Tu dérailles, Sylvie ».

- Contrairement à mon habitude, je m'étais complu dans le mensonge. Car je ne voulais pas qu'elle fût malheureuse et que sa jalousie détruisît sa relation avec Juan. Évidemment, elle avait vu juste au dancing ; en effet, les regards de ce dernier n'avaient guère été très discrets. Il aurait mieux valu qu'il lui avouât que nous nous connaissions. Cherchait-il à semer la discorde entre elle et moi pour ne pas avoir à me revoir ? En définitive, j'aspirais à ce qu'elle quittât mon entreprise et que nos routes bifurquassent. Ainsi elle ne craindrait plus de le voir s'enticher de ma petite personne.

- Je reconnais que cette situation n'était pas très saine, intervint Aude. Pourquoi ne lui as-tu pas dit connaître Juan et que votre histoire s'était arrêtée avant de commencer ?

- Oui, j'aurais dû m'y résoudre. En définitive, j'attendais que mère Providence démêlât l'écheveau. Mais un fait se produisit que je n'attendais pas.

- Ah ? Lequel ?

- Lors d'une visite inopinée à Carmen et Pedro en compagnie d'Antoine, un dimanche matin, je me retrouvai face à Juan. Je m'apprêtais à repartir quand Pedro lança :

« Reste déjeuner avec nous, Lorenza. La présence de Juan ne te dérange pas, j'espère ».

- Le mari de Carmen était d'une nature très directe et, donc, très peu diplomate.

« Non, mais ...
- Lorenza, viens donc m'aider à la cuisine, dit Carmen ».

- Là, elle me fit savoir que Juan était revenu vers Pedro pour requérir son aide ; vu qu'il projetait de créer sa propre entreprise de bâtiment.

« Il fréquente Sylvie, une de mes employées. En tout cas, ça m'ennuie de devoir supporter ses regards pendant tout le repas.
- Parce qu'il est parti du jour au lendemain à Paris ? C'est du passé maintenant. Il n'y avait encore rien entre vous, non ?
- Oui, mais j'étais en train de tomber amoureuse et il n'a pas eu la délicatesse de me prévenir de son départ. J'aurais compris.
- Il s'est mal comporté, je l'admets. C'est un impulsif qui agit avant de penser. Mais, puisqu'il est là, profitez-en pour parler.
- Non, tatie Carmen. Je n'ai rien à lui dire et je ne veux pas qu'il croie qu'il m'a offensée à l'époque. Promets-moi de rester en dehors de ça !
- D'accord, ma chère nièce ... motus et bouche cousue ».

- Durant le déjeuner ensuite, je me composai un personnage afin qu'il eût l'impression que sa présence m'était totalement indifférente. D'ailleurs, il s'épancha surtout sur son projet d'entreprise et, de mon côté, je conversai de choses et d'autres avec ma tante tout en riant avec Julia et Antoine. Je remarquai néanmoins que Juan cherchait mon regard comme pour y jauger mon réel état d'esprit. Certes, il ne manquait pas d'intelligence et il semblait beaucoup plus calme et posé que du temps où il s'était sauvé vers la capitale. Il m'apparaissait donc que sa relation amoureuse avec Sylvie le rassérénait et qu'il se sentait pleinement heureux avec elle.

- Était-ce vraiment le cas ? S'enquit Aude.

- À l'époque, je le supposais. Cependant après le repas, et tandis que je m'apprêtais à repartir avec Antoine de chez ma tante et Pedro, Juan me demanda sur un ton confidentiel :

« Pourrait-on se revoir Lorenza ?

- Pour quoi faire ? Répliquai-je d'une voix agacée.

- Je souhaiterais te dire certaines choses.

- Si tu cherches à apaiser ta conscience, ne sois pas inquiet surtout. Car je t'ai pardonné.

- Merci pour ton pardon. Bon, comme tu voudras. Je te souhaite une bonne soirée, Lorenza ».

- Carmen et Pedro s'étant éclipsés vers le jardin avec Julia et Antoine, comme pour nous laisser seuls, ils n'avaient pas assisté à ce bref échange.

- Et tu ne l'as plus revu ?

Évidemment, Aude connaissait le fin mot de cette histoire, mais elle se devait de jouer à celle qui la découvre, et ce, pour guider Lorenza dans l'évocation de ses souvenirs. Cette dernière reprit :

- Juan savait où se trouvait mon commerce, puisque Sylvie y travaillait toujours et qu'il venait l'attendre en fin de journée à l'occasion. Un soir, il entra dans le magasin après le départ de toutes les employées. En effet, je restais généralement une heure et demie de plus environ pour faire la comptabilité du jour. Face à mon étonnement, il dit en souriant :

« *N'aie crainte, Lorenza … je ne viens pas te voler la caisse* ».

- Je me mis à rire, bien que je n'en éprouvais guère le désir.

« *Il faudra revenir pendant les heures d'ouverture, monsieur, lançai-je facétieusement.*
- Le magasin n'était pas encore fermé, puisque j'ai pu y entrer sans forcer la porte, rétorqua-t-il sur le même ton.
- Bien, assez plaisanté ! Que me veux-tu ?
- Je viens te parler.
- Pour me dire quoi ? Personnellement, je n'ai nulle envie de converser avec toi.
- Tu m'en veux toujours d'être parti sur un coup de tête ? C'est loin à présent et …
- Je t'ai pardonné, Juan ! Je suis passé à autre chose depuis, coupai-je.
- Accepterais-tu mon invitation à dîner ?
- Je ne suis pas aussi libre et je n'en ai pas envie de surcroît.
- Je vois que tu as encore une dent contre moi.
- Tu te trompes.
- Alors, prouve-le-moi.
- Ok, entendu. Mais il faut que je m'organise.
- Vendredi prochain. Ainsi tu auras le temps de t'organiser, non ?
- Si tu veux. Passe me prendre à 7h30 ici.
- J'y serai, Lorenza ».

- Il repartit. Quant à moi, je restai là à réfléchir à mes simagrées de lutte contre son charme. Effectivement, il me charmait encore avec ses grands yeux noirs qu'une belle vivacité éclairait. Je l'imaginais en train de se réjouir de sa petite victoire. Je m'interrogeais aussi sur son envie d'être avec moi tout en couchant avec Sylvie. S'il s'imaginait que j'allais le laisser mener deux relations en parallèle, il se trompait bigrement.

- À mon avis, il était important de solder un vieux contentieux.

- Sans doute. Néanmoins, le spectre de quelque chose non arrivé à terme dormait en mon cœur.

- C'est-à-dire ?

- Ma relation avec Juan s'était arrêtée au stade de l'espérance.

- Il y avait donc de l'amertume au fond de toi. Allais-tu guérir ton cœur en lui faisant regretter son acte ?

- N'ayant pas une nature perfide, je ne me complais jamais dans le mal par désir de vengeance. Cette attitude stérile corrompt l'âme. En acceptant ce moment en sa compagnie, je ne subodorais rien ni ne traçais aucun plan sur la comète. J'étais curieuse de savoir, par contre, ce qu'il souhaitait me dire.

- Nous arrivons ainsi à ce fameux dîner, intervint Aude.

- Oui et j'avoue que l'inquiétude tendait mon corps comme la corde d'un arc à l'approche de l'heure de son arrivée. Il vit cela de suite, puisqu'il lança en vue de me détendre sûrement :

« Lorenza, c'est rien d'autre qu'un repas entre deux amis.

- Je ne le voyais pas autrement, rétorquai-je d'une voix superficiellement détachée ».

- Il me regarda alors d'une façon étrange, comme quelqu'un qui cache une intention derrière des paroles enjôleuses.

- À ton avis, il avait en tête de te séduire pour mener une double vie ?

- Ce regard ne me semblait pas être celui d'un homme honnête en tout cas. Cela aurait dû m'induire à m'éloigner de lui et, bizarrement, je ne réussissais pas à résister contre la force qui me poussait vers lui. Au restaurant, il me fit la déclaration suivante :

« *J'ai rêvé de ce moment avec toi depuis ce jour où on s'est revus au Ramier.*

- Tu n'es pas heureux avec Sylvie ? Questionnai-je à brûle-pourpoint.

- J'ai jamais envisagé de passer le restant de mes jours avec elle.

- En fait, tu traites les femmes comme des choses. Tu les jettes après t'être servi d'elles.

- Pourquoi cette agressivité tout à coup ? J'ai rien promis à Sylvie et, si elle se fait des idées, c'est pas mon problème. Elle est pas un modèle de vertu et tu sais ça parfaitement. Elle aime le sexe et elle le montre trop pour moi.

- Tu oublies qu'elle a un cœur aussi et qu'elle t'est très attachée.

- Si je t'avais pas revue, peut-être que je me serais attaché moi aussi. Mais voilà, je t'ai revue et...

- Lorsque les grains de blé sont desséchés, il est vain de vouloir moissonner ; car la récolte ne produira guère une bonne farine, coupai-je.

- Dois-je comprendre qu'il y a rien de possible entre nous maintenant ?

- Il fut un temps où nous aurions pu envisager quelque chose ensemble. Or tu as tué mon désir dans l'œuf.

- C'est dommage. J'ai agi égoïstement et de manière insensée. Depuis ce moment où nos regards se sont de nouveau croisés, je pense à toi sans cesse. C'est une véritable obsession, Lorenza.

- C'est l'envie de me reconquérir qui t'obsède. Après m'avoir séduite, tu iras vers une autre femme. Courir vers de nouvelles conquêtes, comme un marin à chaque port, te donne l'impression de vivre.

- Tu te trompes. J'ai beaucoup changé et je sais ce que je veux à présent. Permets-moi de te le prouver. Je sens que tu serais prête à m'aimer de nouveau, malgré tes dires. Notre amour durerait alors toujours.

- Je ne sais si je t'ai vraiment aimé, Juan. Peut-être n'était-ce, à l'époque, qu'une envie passagère d'un moment câlin.

-T'es pas une femme légère et t'es trop entière pour te comporter ainsi, Lorenza.

- Là, tu m'as bien perçue. Je vais être claire ... je n'ai pas confiance en toi et je n'aurais jamais confiance en toi. Alors, dînons comme deux bons amis et reprenons ensuite le cours de nos vies ».

- Nous continuâmes de dîner en nous efforçant de faire bonne figure et de parler de banalités. Une comédie qui nous mettait mutuellement mal à l'aise. Mon refus l'ayant blessé, il était temps que ce repas prît fin.

Aude suggéra de poursuivre ce livre dans quatre jours, car elle devait aller voir un fournisseur à Paris pour l'enrichissement de la gamme de prêt-à-porter de son magasin. Lorenza loua son professionnalisme ainsi que son dynamisme. Toutefois, elle allait devoir rester dans l'attente de la venue de cette petite fille qui comblait tant son cœur.

Chapitre 13

Après un repas où elles conversèrent de choses et d'autres, Aude dut retrouver le fil de l'histoire par la lecture des notes prises cinq jours auparavant.

- Ça fait loin. Tu t'y retrouves ? S'inquiéta Lorenza.

- Oui, tout à fait. On s'était arrêtées au moment où tu avais repoussé Juan et où vous finissiez le repas au restaurant dans une ambiance tendue. J'imagine qu'il disparût de ta vie après ce camouflet et qu'il fît finalement la sienne avec Sylvie.

- Que non ! Une semaine après cette sortie au restaurant, il revint au magasin pour me déclarer :

« Veux-tu devenir ma femme ? ».

- Cette demande inattendue me déstabilisa complètement. Il avait l'air si sérieux et si sincère.

« Nous ne nous connaissons pas ou, plutôt, nous ne nous connaissons plus. Nous ne pourrions construire un vrai bonheur sur une base aussi fragile, répondis-je.
- Apprenons alors à nous connaître et, ainsi, tu apprendras à te faire une meilleure opinion de moi, puis à avoir confiance en moi. Crois-moi, j'ai réellement la volonté de te rendre heureuse ».

- Curieusement, j'éprouvais le désir de me laisser séduire par cet homme.

« D'accord, je veux bien t'accorder ma confiance, répliquai-je à l'improviste ».

- Nous nous revîmes deux autres fois avant que je fisse le pas d'avoir une relation sexuelle avec lui. Comme il était très physique, il me fit découvrir l'orgasme. Il réveillait la femme en moi et je me sentais devenir à nouveau amoureuse. Je craignais cependant d'être enchaînée à cet aspect de l'amour et de passer à côté d'un bonheur authentique.

- Comment réagissait Antoine ? S'enquit Aude.

- C'était un petit homme à présent et toujours aussi intelligent et sage. Je ne pus lui cacher cette histoire avec l'homme qu'il avait vu chez Carmen et Pedro. Néanmoins, je m'interdisais d'amener Juan dans notre petit domaine pour éviter de le perturber. J'attendais que nos fiançailles fussent déclarées.

- Juan se comportait-il avec toi comme tu l'espérais ?

- Il se montrait prévenant et patient. Toutefois, le jour où Sylvie – qui avait entre-temps démissionné de son travail dans mon atelier – déboula dans le magasin à l'heure de la fermeture, je me rendis compte de la perversité de Juan.

- C'est-à-dire ?

- Telle une furie et à deux doigts de me frapper, elle se mit à hurler :

« Voleuse ! Ah oui, j'avais remarqué tes yeux doux à Juan le jour où je te l'ai présenté. Et moi qui te faisais confiance, qui te prenais pour une vraie amie ».

Puis elle s'assit sur une des chaises et sanglota.

« Tu délires, ma pauvre Sylvie. Je ne t'ai rien volé. Juan est un homme infidèle et qui est venu me relancer après m'avoir revue.

- T'avoir revue ? Comment ça ? Vous vous connaissiez déjà alors ?

- Oui, je l'ai connu il y a dix ans environ et il s'est sauvé à Paris juste au moment où nous aurions pu avoir une relation amoureuse. Quand il m'a revue au Ramier, il a fait celui qui ne me connaissait pas. J'ai agi de même, car je n'imaginais pas le revoir. Je ne t'ai pas trahie, Sylvie. Je ne m'attendais pas à le voir débouler ici au magasin, un soir, pour m'inviter au restaurant et me confier la souffrance que mon indifférence provoquait en son

cœur depuis le jour de l'événement impromptu du Ramier. Voilà, je n'ai rien cherché. Me crois-tu ?

- Oui, oui. Et vous vous êtes revus après ?

- Plusieurs fois. Dis-moi, il ne t'a jamais avoué m'avoir connue dans le passé ?

- Non, jamais. C'est seulement hier qu'il m'a déclaré avoir besoin de prendre du recul. Nous nous sommes disputés et il a lâché :

"Je suis plus certain de t'aimer".

- J'ai cherché à savoir s'il y avait une autre femme derrière tout ça et il a répondu de manière ambiguë :

"Que veux-tu, c'est la vie".

- J'étais abasourdie. Je ne comprenais pas comment cette chose avait pu se produire. Avant de me laisser, il me dit :

"Écoute, Sylvie, j'aime être avec toi. On se reverra de temps en temps et puis ... on sait jamais.

- Moi aussi, j'aime être avec lui et je me remettrai difficilement de cette rupture", je lui ai répliqué.

- Si je comprends bien, vous avez couché ensemble récemment.

- La dernière fois, c'était hier juste avant qu'il m'envoie cette décision assassine à la figure. Pourquoi tu me demandes ça ?

- Pour rien.

- Je suis pas idiote, tu sais. J'ai compris que tu as couché avec lui toi aussi.

- Tu as tort, Sylvie. Il m'a juste amenée au restaurant et les deux fois où nous nous sommes revus ensuite ... je n'ai fait que le laisser m'embrasser.

- Tu es amoureuse de lui ?

- Non et, d'ailleurs, je ne le reverrai jamais plus.

- C'est sûr ça ?

- Sûr et certain. Mais je doute que vous soyez faits l'un pour l'autre et, selon moi, tu perds ton temps avec cet individu malhonnête. Il fera ton malheur, crois-moi ».

- Finalement, Sylvie te sauvait des griffes de cet homme perfide, allégua Aude.

- J'aurais aimé pouvoir fuir très loin sans rien dire comme il l'avait fait dans le passé. Je regrettais de m'être donnée à lui, d'avoir eu la faiblesse de croire en son amour. Ainsi il avait mené double jeu et eu la fourberie, même, de me promettre le mariage. Quand nous nous revîmes, je refusai de l'accompagner chez lui, bien que je me gardais de toute manifestation agressive.

« *Que se passe-t-il, Lorenza ? Tu as l'air bizarre tout à coup.*
- *Bizarre ? J'ai simplement pris la décision de mettre un point final à notre relation.*
- *Pourquoi ça ? J'ai fait quelque chose de mal ? Tu étais d'accord pour qu'on se marie, non !*
- *Tu y étais favorable et je n'étais pas certaine de le vouloir. Finalement, mon cœur m'a suggéré de ne pas faire cette erreur.*
- *J'en déduis que tu ne m'aimes pas.*
- *Je ne t'ai jamais aimé. J'ai eu seulement plaisir à faire l'amour avec toi* ».

- Ses yeux noirs ressemblèrent alors à deux poignards affilés et je sentis qu'il retenait son envie de me gifler.

« *Frappe-moi et j'irai voir Pedro qui te rendra la monnaie de la pièce, crois-moi* ».

- Sachant qu'il craignait celui-ci, j'escomptais ainsi freiner son ardeur.

« *Tu n'es qu'une sale garce ! Éructa-t-il d'une voix mauvaise.*
- *Et toi un fieffé saligaud. Retourne vers Sylvie qui saura combler ton envie de sexe.*
- *Ah, mais je ne vois plus Sylvie depuis que nous sommes ensemble.*
- *Menteur ! Mais, d'ailleurs, nous ne sommes pas ensemble.*
- *C'est donc ça ! Tu es jalouse de Sylvie et tu penses que je suis avec elle en étant avec toi.*

- Écoute Juan, tu as sali mon corps. Sache cependant que tu n'as pas corrompu mon âme. Je ne veux plus entendre parler de toi et, si tu reviens ici, j'avertirai Pedro qui se chargera de t'infliger une bonne correction et j'informerai aussi la police ».

- Cela avait-il suffi à le dissuader de t'importuner ? Interrogea Aude.

- Il tourna les talons et s'éloigna d'un pas nerveux. J'imaginais qu'il me balançait toutes sortes de noms d'oiseaux dans sa barbe. Il disparut ensuite de ma vie. Lors de ma visite hebdomadaire à Carmen, je lui fis part de la façon dont Juan s'était comporté envers moi. Elle fut outrée. Quant à Pedro, il cessa toute relation avec ce dernier.

- Sylvie et lui ont-ils eu de beaux enfants ? Plaisanta Aude avec un grand sourire.

- Trois mois environ après l'algarade qu'elle m'avait infligée, Sylvie revint au magasin avec une mine aimable … quoique gênée.

« Je te demande pardon pour mon engueulade de la dernière fois. Je viens t'annoncer que j'ai envoyé Juan sur les roses quand il a rappliqué avec son air de faux jeton.

- T'a-t-il dit quelque chose me concernant ?

- Que tu n'avais été qu'une passade, un moment d'égarement.

- Ah, tiens !

- Oui et aussi qu'il n'avait jamais eu à l'idée de passer sa vie avec toi.

- Il t'a déclaré que tu étais celle qu'il voulait épouser, j'imagine.

- Exactement, mais …

- Sache qu'il m'avait tenu le même discours sur toi, à savoir que tu n'étais en rien la femme de sa vie.

- Il ira en chercher une autre maintenant, parce que c'est fini et bien fini.

- Tu as eu raison. En tout cas, c'est un pauvre type qui a un problème avec les femmes … un handicapé du cœur en définitive.

- J'aime bien cette expression ... handicapé du cœur. C'est tout à fait ça en ce qui le concerne ».

- Sylvie me demanda si j'accepterais de la reprendre comme couturière ; ce que je fis avec joie, étant donné sa bonne compétence. Car j'étais obligée, bien souvent, de faire patienter les clientes pendant des mois.

- Donc, les affaires marchaient du feu de dieu, dit Aude.

- En effet. Je m'étais fait une belle réputation et les femmes en recherche d'un modèle unique venaient chez moi. D'autant que nous n'avions jamais eu un quelconque reproche au sujet de la qualité de nos fabrications.

- Par conséquent, tu n'avais pas besoin de payer des encarts publicitaires dans la revue locale.

- Cela ne m'est jamais venu à l'idée. Car le bouche à oreille avait suffi à développer ma clientèle.

- Ainsi j'ai pu hériter d'une affaire rentable. Merci, ma mamie adorée.

- Et que tu as su adapter à l'époque actuelle et faire prospérer bien sûr. C'est une grande satisfaction pour moi, mon enfant. Je n'aurais pas aimé que ce qui a représenté un dur labeur tombât en des mains étrangères.

- Tu es une personne volontaire et passionnée, encensa Aude.

- Côté cœur, j'ai fait des erreurs malheureusement.

- Tout le monde en fait. La vie est une longue expérience. Bien, nous sommes en quelle année à ce moment du récit ?

- En 1964. Antoine avait quatorze ans et il était en classe de seconde au Lycée Fermat. Dans ce lycée n'entraient que les enfants doués en mathématiques et il l'était mon Antoine. Il se passionnait pour les études et disait toujours :

« *Je veux que tu sois fière de moi, maman* ».

- Et j'étais vraiment très fière de lui.

- En classe de seconde à quatorze ans ? Il était très en avance, dis-moi.

- Oui. Il n'avait jamais redoublé la moindre classe, déclara Lorenza.

- Avait-il déjà des problèmes pulmonaires ?

- Depuis tout jeune, il était suivi par un pneumologue. Cela me causait beaucoup de soucis. Néanmoins, j'avais l'espoir que les médicaments permettraient, avec le temps, une bonne amélioration de sa santé. Il ne se plaignait jamais le pauvre enfant. Certes, la faiblesse de ma regrettée maman au niveau pulmonaire hantait ma pensée.

- Antoine avait-il compris que c'était terminé entre Juan et toi ?

- Nous n'en avions jamais parlé, mais il l'avait compris selon moi. Fort de son grand amour pour moi, il s'interdisait de juger ma manière de vivre. Je ne lui avais pas imposé, en outre, la présence de Juan et, là, mon intuition s'était révélée efficace.

- Après tes mauvaises expériences avec José ou Juan, n'appréhendais-tu pas la rencontre d'un homme à leur image ?

- J'avais pardonné à ces deux individus leurs agissements malsains et je prenais garde cependant de ne pas mettre tous les hommes dans le même panier. En fin de compte, j'avais l'impression que ces vécus m'avaient renforcée mentalement.

- Sentais-tu alors que l'homme capable de te rendre heureuse finirait par croiser ton chemin d'une façon providentielle ?

- En analysant mon passé, je réalisais combien Dieu m'avait bénie à divers moments de mon existence et empêchée aussi de tomber dans la misère. J'attendais toutefois une belle gratification de sa part. Quand je lui demandais pourquoi il m'avait contrainte à ces échecs, je n'obtenais pas la moindre réponse. Je me disais donc que ces leçons me seraient profitables à terme et qu'il me récompenserait enfin par un vrai bonheur.

- Ta foi en Dieu t'a sauvée du malheur, allégua Aude.

- Comme il est écrit dans beaucoup de psaumes de la Bible et dans d'autres passages de l'Ancien Testament, l'Éternel Tout-Puissant est un rocher qui met nos pieds au sec. Il nous préserve du mal et de la ruine. Il faut surtout éviter de souscrire à la loi du Malin et, pour cela, il convient de pardonner et d'aimer. Naturellement, il est parfois difficile de pardonner à nos ennemis, à ceux qui nous font du mal, comme nous le commande le Seigneur Jésus-Christ. Or, en nous y efforçant, nous sortons plus fort et grandi spirituellement.

- Voici des paroles d'une grande sagesse, mamie.

- C'est une nécessité pour devenir un humain à part entière.

- Ta spiritualité m'éblouit, mamie. Bien, et si nous poursuivions l'histoire du livre !

- Je subodore que tu es impatiente de savoir si j'ai enfin rencontré cet homme dont le sort semblait m'interdire la faveur, rétorqua Lorenza avec un sourire en coin.

Aude observait le regard de sa grand-mère, tandis que celle-ci puisait dans sa mémoire le souvenir de ce passé lointain. Cette remontée à la surface de sa pensée faisait briller une jolie nitescence au fond de son iris bleu.

- Laissons alors ce mystère en suspens jusqu'à demain, suggéra Lorenza.

- D'accord, mamie. Là, je sens que ta vie prend enfin un tournant et que l'attente de ton cœur va enfin se concrétiser.

Chapitre 14

Lorenza repris le fil de son évocation à partir du questionnement interrompu la veille :

- Rencontrer quelqu'un s'avérait être une gageure, puisque je n'allais plus au Ramier, ou ailleurs, et que Sylvie ne me proposait plus, de toute façon, de l'accompagner dans ses sorties du samedi soir. Je laissais à mère Providence le soin de me surprendre tout en me préparant à finir ma vie seule. Si, pour l'heure, mon cher Antoine remplissait mon existence, j'avais conscience qu'il se marierait un jour et ferait donc sa vie.

- Puisse Dieu m'accorder la joie de donner naissance à un fils comme Antoine, pria Aude.

- Je te le souhaite, ma fille. Avec son ami Jules, un adolescent aussi matheux que lui, Antoine tentait de découvrir cette loi qui les rendrait célèbres à l'instar d'Einstein ou d'autres. Je plaisante, bien sûr. En fait, ils aimaient faire leurs devoirs, lire et jouer ensemble. Ils devenaient quasiment inséparables. Ils passaient leurs week-ends, tantôt chez l'un, tantôt chez l'autre. Naturellement, je fus invitée pour le Noël de 1964 chez les parents de Jules où une vingtaine de personnes étaient présentes. Cela m'offrit l'opportunité de discuter avec un cousin du père de Jules, un dénommé Georges qui me demanda avant que je ne prisse congé :

« *Pourrais-je avoir le plaisir prochainement d'une nouvelle conversation avec vous ?*
- Oui, pourquoi pas.
- Que diriez-vous de samedi prochain ?
- Samedi ? Si vous voulez. À quelle heure ?
- Pour le dîner … à dix-neuf heures.
- D'accord. Où ça ?

- Donnez-moi une adresse que je vienne vous chercher ».

-Je lui communiquai spontanément mon adresse personnelle ; car cet homme délicat m'inspirait une grande confiance.

- Ah, je sens que c'est le bon celui-là, s'exclama Aude.
Lorenza sourit.

- Au restaurant où il m'amena, j'eus le plaisir d'échanger derechef avec cet homme cultivé, à la voix calme et du regard clair duquel émanait une belle vivacité.

- Que faisait-il dans la vie ?

- Instituteur. J'imaginais que ses élèves devaient beaucoup l'apprécier. Il émit le désir de me revoir et je ne m'opposai pas à un petit flirt en bas de chez moi.

« Tu vas assurément t'ennuyer avec une pauvre couturière, lançai-je.

- M'ennuyer ? J'ai plutôt l'impression qu'une vie à ton côté ne me permettrait guère de faire le tour de ta richesse intérieure.

- N'est-ce pas un éloge un peu hâtif ? Attendons de nous connaître mieux avant d'affirmer quoi que ce soit.

-C'est intelligemment répondu, répondit-il avec une expression dans le regard qui toucha grandement mon cœur ».

- Il m'apparaissait si sensible que je craignais que ses yeux ne s'embuent soudain suite à une simple contrariété.

- Ce Georges était visiblement à l'opposé des précédents, fit remarquer Aude.

- Oui, en effet. Pourtant, cette arrivée inattendue d'un homme dans ma vie me tétanisait. Mes échecs passés, celle que j'étais devenue suscitaient ma réserve. Et puis, j'avais peur de ne plus savoir aimer. Aussi, lorsqu'il m'invita à l'accompagner le temps d'un week-end à Arcachon au bord de l'Atlantique, je ne reçus pas cette nouvelle avec enthousiasme.

*« Pardon, Lorenza, s'excusa-t-il. Je désirais seulement passer plus
de temps avec toi. Tu n'es pas une passade, vois-tu ».*

- Je n'osais lui avouer qu'il représentait beaucoup pour
moi, lui aussi.

*« Bon, j'accepte. L'air iodé ne peut que me revigorer, dis-je
finalement.*
- J'espère que tu trouveras là-bas d'autres agréments ».

- Nous rîmes de concert et échangeâmes un baiser
amoureux.

« Lorenza, je … je me sens si bien près de toi.
- Il en est de même pour moi, Georges ».

- Je venais de me découvrir et de lui faire entendre que
mon cœur s'était énamouré. Le week-end arriva et nous partîmes,
à bord de sa Peugeot 403, vers la ville d'Arcachon, une
magnifique station balnéaire, où il loua une chambre dans un
hôtel qu'il connaissait. Je n'osais lui demander s'il y avait emmené
une autre ou d'autres femmes, car je répugnais à gâcher cette
harmonie qui régnait entre nous. Naturellement, cet homme de
trente-huit ans avait un passé. J'en avais un moi aussi.
   - Il est parfois difficile d'accepter le passé de l'autre, lança
Aude.
   - Pourtant, il convient de faire preuve de maturité et de
se raisonner. Lors de ce week-end, nous nous racontâmes un peu
nos vies et j'appris qu'il avait été marié durant cinq ans.
Heureusement, tout était terminé ; car je n'aurais pas voulu d'un
homme entretenant une relation en pointillé avec son ex-épouse.
De mon côté, je lui confiai mon mariage raté avec José dont la
seule consolation avait été la naissance d'un enfant merveilleux.
Je passai sous silence mes éphémères relations avec Pierre et
Juan. Peut-être cet aveu viendrait-il avec le temps si nous faisions

le pas d'une vie ensemble. De retour chez moi, j'étais heureuse de ces deux jours de rêve avec un homme adorable. Je réalisais qu'ils étaient l'augure d'un plus grand bonheur ; ce dont j'avais tant envie.

- Tu avais rencontré celui que ton cœur attendait finalement.

- Assurément. Une semaine plus tard, Georges me déclara :

« Je ne peux plus continuer sans toi à mon côté, Lorenza. Acceptes-tu d'être ma femme ? ».

- De prime abord, j'éclatai en sanglots sous le coup de l'émotion. Puis je me repris et répondis :

« Pardon, Georges. Oui, oui, je le veux ».

- Il ouvrit un petit coffret et prit la bague qu'il contenait pour la passer à l'annulaire de ma main gauche. Il s'agissait d'un saphir monté sur un anneau en or jaune.

Lorenza montra celle-ci à Aude en précisant que, depuis, elle n'avait quitté son doigt que pour dormir ou effectuer certains travaux. Elle était accolée à une alliance en or jaune également.

- Le mariage eut lieu dans la plus stricte intimité, précisa-t-elle. Il y avait là sa mère, son père étant décédé, et sa sœur ainsi que son beau-frère. De mon côté, ma tante, Pedro et mon cher Antoine étaient présents.

Aude s'enquit :

- Comment Antoine reçut-il l'arrivée de cet homme dans le foyer ?

- Avec beaucoup d'intelligence. Lorsque j'étais revenue le chercher, après mon retour d'Arcachon, il m'avait d'ailleurs observée du coin de l'œil et avec un petit sourire. Nous étions tant en symbiose, lui et moi, qu'il perçait mes états d'âme. Après le mariage, il sentait évidemment qu'il lui faudrait partager mon amour. Ensuite, l'entente fut excellente avec Georges, lequel avait l'habitude d'une proximité avec les enfants. Il était, de surcroît, un parent de Jules. Un fait qui avait grandement favorisé le contact et le dialogue.

- Georges avait-il un ou des enfants de son précédent mariage ?

- Aucun. Son ex-femme avait fait apparemment deux fausses couches et pris le parti de ne plus enfanter.

- Je peux la comprendre, dit Aude.

- Au fil des semaines, le beau temps régna sur notre couple. Georges se montrait toujours aussi charmant qu'au début et il s'entendait merveilleusement bien avec Antoine qu'il appelait Tony pour le faire gentiment enrager. Allez savoir pourquoi, mon petit chéri n'appréciait guère ce diminutif. Par ailleurs, Georges était d'un tempérament très travailleur. Il donnait en effet des cours particuliers en dehors de ses journées à l'école. Il devait aussi corriger les interrogations, les rédactions et autres dictées qu'il faisait faire aux élèves.

- Il ne restait plus beaucoup de place pour une vie intime, lança Aude avec un regard coquin.

- Si, si, nous étions très proches cependant. Mais mon travail m'occupait également jusque vers dix-neuf heures bien souvent. Comme il avait amené sa bibliothèque très fournie, j'en profitais pour parfaire ma culture à l'aide des livres qu'il me conseillait et nous passions parfois la soirée à lire tous les trois. J'appréciais énormément ces heures de complicité silencieuses et culturelles.

- Enfin, mamie, tu pouvais regarder l'avenir avec sérénité.

- Oh que oui ! J'avais désormais confiance que rien ne viendrait détruire mon bonheur ; ce qui contribuait à chasser ma peur du malheur. Georges me sécurisait et je ne doutais point qu'il en serait longtemps ainsi. C'est donc dans le creuset de cette délicieuse harmonie que Maria, ta mère, vît le jour. J'étais heureuse de l'arrivée de cette petite fille qui consolidait parallèlement notre couple. Maria était une enfant adorable et pleine de vie.

- J'ai toujours gardé le souvenir d'une maman dynamique et heureuse de vivre, renchérit Aude.

- C'était un vrai boute-en-train et, sur le plan scolaire, elle n'était pas une élève modèle, contrairement à son frère. Pourtant, son père la suivait de près ; quoique son grand amour pour elle lui interdisait de l'inquiéter inutilement.

« Elle trouvera son chemin. Elle est intelligente et en mesure de nous surprendre », répétait-il régulièrement.

- Je pense que chaque âme s'incarne sur terre avec une destinée, argua Aude.

- J'en suis persuadée, confirma Lorenza. Dieu instille la grande voie de leur destinée aux âmes et elles l'oublient à leur naissance heureusement. Car il serait parfois trop difficile, pour beaucoup d'entre nous, d'en accepter les contraintes. J'évoque là les chemins de vie douloureux, à l'instar du mien qui ne ressembla pas à un parcours de santé ; même s'il me fût toujours insufflé l'envie de survivre, de rebondir et accordé d'aimer, au bout du compte, un homme merveilleux.

- Possédais-tu cette sagesse ou bien l'as-tu acquise par tes lectures, mamie ?

- Des lectures, comme celles de Saint Augustin ou d'autres et sur le père Padre Pio surtout, m'ont formée au plan spirituel.

- Papi était croyant ?

- Oui, croyant, mais point pratiquant. Baptisé par l'Église catholique, il la disait nullement représentante du Seigneur Jésus-Christ ici-bas. Par conséquent, il s'en était détaché. En tout cas, nous parlions régulièrement de Dieu, de foi, de spiritualité. C'est lui qui m'a orientée vers ces lectures dont je parlais tout à l'heure.

Cela me sortait de ce travail terre-à-terre que je faisais et que j'aimais finalement.

- Pourrait-on parler d'oncle Antoine à présent ? Je regrette vraiment de ne pas l'avoir connu.

- Tu l'aurais aimé, vu que son cœur était empli de bonté. Il venait de réussir son entrée en Polytechnique quand il tomba une première fois malade. La fragilité de ses poumons était très ancienne désormais et, cependant, je ne l'avais jamais entendu s'en plaindre. La réussite à son concours d'entrée dans cette prestigieuse école transcenda son mal. Il l'affronta donc courageusement et forma même des projets d'avenir. Sa maladie attristait Georges, bien que celui-ci s'efforçait de concourir à son optimisme. Personnellement, je cachais au mieux la terrible angoisse qui étreignait mon cœur. Ayant recouvert un peu de santé toutefois, Antoine mena à bien sa première année en Polytechnique. C'est à la fin de l'été, juste avant la rentrée en deuxième année, que sa santé se dégrada soudain. Il venait de passer quinze jours de vacances avec Jules, lequel suivait des études de médecine, et plusieurs autres camarades au bord de la méditerranée. Il connut alors la dure astreinte de séances de radiothérapie associées à de fortes doses de médicaments. Au fil des semaines, son corps s'affaiblissait et il peinait à trouver l'énergie nécessaire à une bonne concentration dans ses études. Son décès, sept mois plus tard, le 11 novembre à 2 heures du matin exactement, des suites de cet affreux cancer du poumon, fut le jour le plus triste de ma vie. Je pleurai jusqu'à l'assèchement de mes glandes lacrymales. Cette disparition de son frère aimé choqua Maria qui pleura de même longuement. Georges s'escrimait à nous consoler et à nous raisonner. Je le savais néanmoins très meurtri au fond de son cœur, Antoine étant devenu comme son propre fils. S'il n'y avait eu Georges et Maria, je serais sûrement allé le rejoindre dans son petit ciel ou ailleurs ; effectivement, nul ne connaît la destination d'une âme après la mort du corps. J'ai survécu à ce drame, quoique je n'avais plus le cœur à partir travailler le matin. Heureusement, Sylvie assura la gérance de l'entreprise pendant les six mois que dura ma dépression. Cela renforça notre amitié.

- Elle s'est montrée une bonne amie en définitive.

- Oui. Son mariage avec Paul l'avait assagie. Puis la naissance de Danielle, une jolie petite fille, l'avait fait beaucoup mûrir. Dès lors, elle ne se perdait plus dans de vaines frivolités. Jusqu'à son décès, il y a huit ans maintenant, nous sommes restées très liées. Concernant Danielle, elle venait régulièrement me rendre visite avant son départ pour les îles avec son mari antillais.

- Mais, j'y pense, tu n'as plus revu ton village natal.

- Si. Trois ans après le décès d'Antoine, Georges suggéra un matin :

« *Et si nous allions passer une semaine dans ce lieu qui t'a vu naître, ma chérie ?*

- Bubión ? Mais c'est une longue route, mon amour ! Rétorquai-je ».

- Ainsi, lors des vacances d'août, nous entreprîmes ce voyage en voiture vers le plein sud espagnol. Maria, ta mère — âgée de six ans à l'époque —, était impatiente de voir le village où sa maman avait vu le jour. Quant à mon Georges, il jubilait au fond de lui de me ramener ainsi un bref temps vers mes racines. Certes, cela m'émouvait grandement de revoir cet endroit que j'avais été forcée de quitter à l'âge de onze ans.

- Ce moment dut être en effet très émotionnel.

- On peut dire ça. Je ne reconnus pas cependant le lieu de mon enfance. Des constructions nouvelles avaient été dressées et ce n'était plus le village que j'avais connu et dû laisser un matin de 1939. Quoique le cœur de la cité possédait toujours cette chaleur encore présente au fond de mon souvenir. Si j'étais contente de revoir Bubión, rien ne m'y attachais plus malheureusement. Ce petit séjour tendait même à faire ressurgir une douloureuse réminiscence.

- Tu avais connu pourtant une enfance heureuse à Bubión ?

- Très heureuse même. Quand je parle de souvenirs douloureux, je fais référence à l'événement de la séparation d'avec mon papa, que je ne revis plus jamais ensuite. Je n'avais cessé de penser à lui lors de mon internement dans les horribles camps où le gouvernement de la France de l'époque m'avait astreinte à végéter. Quant à ma mère, ses yeux étaient continuellement rougis par le chagrin de cet éloignement d'avec son mari chéri. Puisque Bubión exhumait de tristes souvenirs, j'entrepris d'amener ma petite famille visiter d'autres lieux historiques, tels que Séville et Granada notamment. Enchantés par cette villégiature, Georges et Maria éprouvèrent le désir de revenir un jour à Bubión.

- Tout allait pour le mieux dans ta vie dorénavant et rien ne semblait pouvoir la faire basculer dans le malheur.

- Georges ne m'avait jamais déçue jusque-là. Maria était une adolescente débordante d'énergie et d'un caractère agréable. Quant à mon entreprise, elle continuait de me procurer d'intéressants profits et du plaisir. Cela dura quinze années encore jusqu'au jour où …

Deux larmes se mirent soudain à perler sur les joues de Lorenza.

- Jusqu'au jour où ? Reprit Aude, le regard triste.

- Ce fut un jour de ténèbres comme pour la disparition de mon Antoine. Ma tête fut la proie d'un terrible vide et mes jambes défaillirent. Après un grand trou noir, je me réveillai dans une chambre d'hôpital. Ma tante Carmen et Sylvie s'y trouvaient à mon chevet.

« *Que s'est-il passé ? M'enquis-je.*

- Tu as eu un malaise au magasin, mais ça va mieux grâce à Dieu, répondit Sylvie.

- Un malaise ? Répétai-je tout en sondant ma mémoire ».

- Le souvenir de l'événement ayant provoqué cette défaillance me revenant, je me mis à sangloter.

« *Pourquoi pleures-tu, Lorenza ? Tu m'inquiètes, s'alarma Carmen.*

- Georges est mort, rétorquai-je d'une voix blanche.

- Georges ? Mais comment est-ce arrivé ? Demanda Sylvie.

- À l'école. Il s'est affalé de tout son corps. Le médecin appelé par le directeur a diagnostiqué une rupture d'anévrisme. Je n'ai pas pu encore le voir.

- Et pour cause, tu t'es écroulée au magasin après avoir appris la nouvelle par téléphone, précisa Sylvie.

- Ne t'en fais pas, Lorenza. Je m'occupe de faire transporter le corps de Georges chez toi. Repose-toi maintenant, ajouta ma chère tante.

- Mais je ne suis pas malade. Je veux pourvoir me charger des obsèques de mon cher époux. Où est Maria ?

- Elle est à l'école. J'irai la chercher, rétorqua Carmen.

- Ne lui dis rien surtout. Je veux pouvoir lui faire l'annonce de cette terrible nouvelle à ma manière.

- D'accord, promis ! ».

- Je ressortis de l'hôpital dans la journée. En voyant le corps de Georges étendu sur le lit de notre chambre, je ne pus refréner une crise de larmes. Ce fut ensuite l'heure d'informer Maria du décès de son père. De toute façon, en apercevant mon visage meurtri par l'accablement, elle comprit qu'une chose grave venait d'arriver. En adolescente intelligente et intuitive, elle s'exclama aussitôt :

« *C'est papa, maman ? Il est arrivé quelque chose à papa ?* ».

- Je la serrai alors dans mes bras et me remis à sangloter.

« *Oui, ma chérie.*

- Où il est ? Je veux voir mon papa ! S'écria-t-elle.

- Tout à l'heure, mon ange. Papa est monté au Ciel.

- Quoi ! Il est mort, c'est ça ? Non, non ! C'est pas vrai ! Je veux pas ! hurla-t-elle en pleurant et en s'affalant sur le divan ».

- Le jour des funérailles fut un autre moment tragique. Sauf le soutien de Sylvie, je serais tombée dans la fosse. Cet événement éprouva aussi fortement Maria. Il me fallut survivre ensuite et, derechef, Sylvie prit les rênes de ma petite entreprise ; car je n'avais plus goût à rien. Comme Maria se laissait dépérir, je demandai à ma tante de la prendre deux ou trois semaines chez elle, le temps que je me remette sur pied.

« Mais, voyons, elle peut rester chez moi plusieurs mois si besoin, déclara Carmen ».

- Quinze jours plus tard, je repris le chemin du magasin et Maria fut heureuse de revenir à la maison. Que je prisse le taureau par les cornes l'incita à revenir au lycée Bellevue, un établissement de bon niveau, où elle était en cinquième. Ne s'étant absentée que peu de temps, elle put rattraper le retard. De toute façon, elle en faisait juste assez pour avoir la moyenne.

- Elle est pourtant devenue institutrice comme papy.

- À mon grand étonnement, d'ailleurs. Étant douée pour le dessin, elle parlait régulièrement de se diriger vers la mode.

- Elle te ressemblait finalement.

- Elle avait beaucoup de ton grand-père également.

- Pourquoi ne s'est-elle pas dirigée vers la voie que lui soufflait son cœur ?

- Nous n'en avons jamais discuté. Elle avait tant d'amour pour son père qu'elle a voulu, sans doute, honorer ainsi sa mémoire. L'enseignement était son chemin et elle l'a pris sans hésiter. En outre, la mode est un milieu difficile où peu réussissent ... même comme styliste.

- Il fallait que les choses aillent ainsi, lança Aude.

- Elle aura fait une belle carrière d'institutrice.

- Sa disparition fait encore saigner mon cœur, dit Aude, la voix cassée.

- Décidément, Dieu m'a enlevé tous mes êtres chers.

- Je suis là, mamie.

- Heureusement, ma chérie.

Lorenza ne put s'empêcher de sangloter dans les bras d'Aude qui en fit de même. Un quart d'heure plus tard, elle reprit :

- Aujourd'hui, j'ai fait le deuil de la plupart d'entre eux. Quoique mon Georges chéri me manque toujours affreusement. J'aurais tellement aimé vieillir à son côté. Il a été un homme merveilleux, fidèle, prévenant et sans cesse d'une humeur égale. Il m'a aidé à évoluer, à me cultiver, à ne pas rester une petite couturière. Antoine aussi me manque énormément, vu que nous étions si proches lui et moi. Il savait lire en mon cœur et je pouvais voir dans son regard tous ses états d'âmes. Il aurait été polytechnicien assurément et fait une grande carrière dans l'industrie ou ailleurs. Sa vie s'est arrêtée, alors qu'il ne l'avait pas encore vraiment commencée. Maria est, elle aussi, partie trop tôt. Elle possédait une belle finesse d'esprit comme son père.

Aude se remit à pleurer et Lorenza la serra à nouveau contre elle.

- Pleure mon enfant. Cela permet d'évacuer le chagrin.

- Pardon, mamie, d'avoir réveillé le souvenir de ces malheurs.

- Ne sois pas désolée, ma chérie. Je sens que je vais bientôt partir rejoindre les êtres chers à mon cœur. Ils ne peuvent qu'être au Paradis, vu leur vie exemplaire.

- Pourquoi veux-tu t'en aller déjà ? Tu me manquerais beaucoup. Je t'aime tant.

- Nous ne sommes pas immortels sur cette terre. Je continuerai à être avec toi d'une autre façon. Tu y crois, j'espère.

- Oui, oui, bien sûr. J'y crois.

- Nous voici donc arrivées à la fin de ce récit sur ma pauvre existence. Elle ressemble, en définitive, à bon nombre d'autres histoires. Tu y rajouteras tes impressions personnelles si tu le juges opportun.

   - Je confirme que l'histoire de ta vie n'est pas celle de tout le monde, mamie chérie.

Chapitre 15

Lorenza avait bien pressenti que son envol pour le Ciel n'était pas si lointain, puisqu'elle décédât sept mois plus tard. Ce faisant, elle laissait un grand vide dans la vie d'Aude qui avait foi, néanmoins, que l'âme de cette dernière protégeait la sienne.

Pendant près de dix-huit ans, elle avait laissé les confidences de cette aïeule bien-aimée dans un fichier de son ordinateur. Feue sa mamie l'avait-elle incitée à ne pas le présenter aux éditeurs ? Mystère ! Elle l'en exhuma le jour où elle prit le parti de raconter ce parcours de vie si particulier à sa fille Agnès. Cela suscita aussi son désir d'en retravailler la forme.

Tout en exécutant cette réécriture, Aude médita au sujet de l'enseignement dispensé par sa grand-mère, mine de rien, sur des principes ou valeurs comme la foi en Dieu, le pardon, la bonté, l'abnégation, notamment.

De la foi, elle en avait eu à profusion et elle s'était ainsi préservée du malheur. En effet, celui-ci s'était invariablement transmué, telle une grisaille se dissipant et laissant place à un beau soleil. Fort de cette magnifique disposition, son âme profitait sûrement à présent de la grâce d'un beau jardin baigné d'une sublime lumière.

Du pardon, elle avait su en montrer envers ces hommes que d'aucuns auraient haï à jamais. Elle avait fait en sorte de les effacer de sa mémoire, afin de ne pas entretenir en son cœur une amertume destructrice, voire de mauvais desseins. L'amour profondément ancré en elle l'avait détournée de la méchanceté et empêchée de souscrire à la vengeance. Aude ignorait si elle aurait eu cette force, en dépit de sa foi en Dieu, et si elle n'aurait pas été tentée plutôt de vouer aux gémonies ces individus enclins au mal.

De la bonté, elle en avait manifesté en permanence. En retour, elle en avait bénéficié à des moments cruciaux de son existence. La bienveillance, voire l'humanité à l'égard d'autrui avait été un comportement normal chez elle et, en tout cas, un prolongement de sa foi en Jésus-Christ.

De l'abnégation, enfin, elle en avait fait montre en maintes occasions depuis le départ de Bubión, son village natal. Car elle ne s'était jamais rebellée contre ce sort inique qui l'avait frappée, déjà, à l'aube de son adolescence. Contrainte à la claustration et à envoyer ainsi au rebut son aspiration à étudier, elle aurait pu en vouloir à sa mère de l'avoir amenée à l'étranger et, plus précisément, vers une France xénophobe. Ils auraient assurément mieux vécu en Espagne, et ce, malgré la dictature franquiste. Or elle ne s'était jamais vraiment plainte, affichant donc une sainte résignation. De même, elle avait su faire preuve d'oubli de soi lors des disparitions de ses proches, celles-ci ayant jalonné le parcours de sa vie ; car elle avait perdu prématurément sa mère et son père, puis plus tard son fils, son mari et, enfin, sa fille. Si ces deuils avaient meurtri son cœur, ils ne l'avaient point rendu acariâtre.

Aude projetait désormais de chercher un éditeur pour l'édition de ce livre narrant la vie marquée du sceau de l'épreuve de sa regrettée grand-mère.

Table des matières

FSC
www.fsc.org
MIXTE
Papier issu
de sources
responsables
Paper from
responsible sources
FSC® C105338

Dépôt légal : Mars 2023

© 2023, François de Calielli

Imprimeur et éditeur :

Édition : BoD – Books on Demand, info@bod.fr
Impression : BoD – Books on Demand, In de Tarpen 42,
Norderstedt
(Allemagne)
Impression à la demande